恒成美代子歌集

SUNAGOYA SHOBŌ

現代短歌文庫

砂子屋書房

恒成美代子歌集☆目次

『ひかり凪』（全篇）

自撰歌集

『夢の器』（抄）

歌論・エッセイ

解説

恒成美代子歌集

『ひかり凪』（全篇）

I

水上公園

けふよりはタブーの解禁ゾンタータク博多の
五月といへば「どんたく」

那珂川《なかがは》のむかうが博多はなみづき咲く西中
洲水上公園

ひるがへり咲く花水木いつさいのことは忘
れてかうべをあげよ

夕やみにオレンヂ色の灯がともり水上公園
の恋人たちよ

ナトリウムランプがすてきプロムナードか
ら眺めてる水の面《おもて》を

失ひてふたたびわれに戻りこし心ならずや
頬うづむれば

夕風にふるふるそよぐはなみづき眼裏《まなうら》にあ
り眠らむとして

神のまばたき

職場へとむかふうつしみ雨あとの芝に萌え
出づるあをき芽を恋ふ

頬杖をついてゐるのは春の犀ファックスの
束本社より届く

世帯主のわれがいただく賃金の多寡のみな
もと性差に及ぶ

きんぽうげの黄の色風に爽立ちて夢より濃
ゆきけふのいのちは

風あれて神のまばたきに応へゐる百房の藤
百房の揺れ

藤棚の下なるめぐり風にそよぐタツナミサ
ウの群落にあふ

蓬生《よもぎふ》の香にたつ道を後になり先になりつつ
歩みきたりぬ

あをき地球

ぬばたまの闇の中にてわれを待つともしびありぬ　千年待つたか

やはらかきみつば茎立《くくた》ち穂の出づる畑《はた》あり畑に添ひて黄の花

老い人の多きこの村たれもみな浄福のごとき〈生〉を生きをり

住むならば此処に住みたし時の代にかかはり少なき長閑《のど》けき鄙に

「ありがたう」言って死にたい臨終《いまは》にはわたしはたれと暮らしゐるらむ

百年が過ぎてしまへばわたくしもあなたもゐないあをき地球に

交信中です

常少女《とこをとめ》のゐまひのやうな合歓の花晶《すず》やかにして梅雨雲の下

お急ぎのかたのみキャッチいたします　た
だいま彼と交信中です

をちこちより澄みし河鹿の声きこえ光を曳
きて螢飛ぶ見ゆ

ゆくりなく青葉の闇に瀬音きくこのままわ
たし死にたいやうな

イノセントな会話してゐる螢の夜《よ》われの
二十歳《はたち》の頃知りたがる

白絹を纏ひて立てるマネキンを信号待ちの
バスに見てをり

吹く風が潮《しほ》の香はつかはこびくる橋を渡れ
ば近づく職場

泰山木の大き白花過ぎむとしけふ取りいだ
すつば広帽子

かなしみの被膜うすれて垂涎の的《まと》たりし事
の有耶無耶になる

若ければ

公孫樹並木の緑の木陰に来て憩ふ凡そ営業車らしきくるまの

いとけなき声和しながら担ぎゆく夏越祭《なごしまつり》の子ども神輿は

夜となれば話すひとなきこのわれを呼んでゐるのは笛吹きケトル

オプチミストに会ひたいひとは喫茶店「ケルン」にゐるよ土曜の夜は

『仰臥漫録』の朝の献立を真似すれど大半残し勤めに出づる

階段の踊り場に来てまたけふもいつものやうに見る能古島《のこのしま》

若ければただそれだけで許さるる若さとほのきしわれに何ある

とほまはりしてぢくぢくと責められし昼を出でくる柳橋まで

遠花火

帆をひらき出でゆく舟に呼びかけて戻れよなんてお人が悪い

グレゴール・ザムザ来たらずわれは今ゆたのたゆたに白波のうへ

陽炎の揺らめく海岸道路見え銀鼠色の車の走る

ひと色にあらぬ玄海のうみの面《おも》みづにまぎれて水鳥泛かぶ

いづこまでゆくのか何処にゆきたきか山村暮鳥の雲ながれゆく

遠花火音なくあがるこんな夜はゆたゆたわれの生ま身が揺るる

そのむかし夫でありし一人さへ忘れ過ぎきてあふぐ白鳥座

ポプラ並木は風たまはりて歓びぬそのよろこびを傾《わ》けてください

夏雲のかたちくづれてとほくより驟雨は来たり広葉のうへに

たつた一度の

秋光のさやけき椅子にきて憩ふ五十歳まであと六箇月

鴨居より襖につたふ蜘蛛の子を見てをり午後をたれも訪ひ来《こ》ず

よみがへるエールのごときかの一行　干刈あがたも死にてしまひぬ

きみはいま何をしてゐるインド更紗のベッドカバーが眼《まなこ》に痛し

たとふれば張三李四のをとこですワルイコトモデキナイ奴デス

大いなる月いでくればあふぎたり清明にして雲を抱《いだ》かず

背振嶺《せふりね》をながれてゆきしひとひらの雲はいづべに宿りゐるらむ

羊の数かぞへそこねて月かげは思ひ出ばかりをはこびくるなり

つきくさの青のつゆけさ　これの世のたつた一度のいのちなりけり

危険物

秋天のあを奪ふごとおもむろに屋根開きゆく福岡ドーム

結論を帮間のごときとつぶやけるひとの辛苦に近より難し

くるしみの瘤あれば瘤撫でようかいたく無力なわたくしゆゑに

和白干潟に八羽来たりしミヤコドリ伝へてローカルニュースは終はる

声濁り鳴きてゐたりし鵲《かささぎ》が枯れあらくさのなかゆ飛び立つ

このゆふべわれ濃密な危険物　近よらないで近よらないで

有りの儘なる吾を包めるひとあればありのままなるわれをし見しむ

とりづくしかぞへ歌

くたかけの鳴かぬ住処にふたたびの酉年むかふ睦月ついたち

持ちかへる吉の神籤よ水の辺の二羽の家鴨のすこし汚れて

正月の三日のきみの初電話出水《いづみ》の鶴の数を伝へ来

くれなゐの鷚の実ついばむ四十雀胸の模様の風に吹かるる

休日も五日でおしまひ年玉を遣《や》る子もインコもめぐりにをらず

六時起床のわれの日常このあした鋭き声の鵙《もず》に起こさる

巡りめぐつて届く風聞七転びそしてそれから千鳥はいづこ

満月を見てゐたりしは梟かわれかあなたか八日真夜中

九九九九《ククク》と鳩の鳴く真似してゐたる亡き父さへも夢にこぬあさ

那珂川の中洲にあそぶ都鳥見てゐる人の十人十色

東　京［Ⅰ］

地下鉄を乗り換へむとして歩みゆく長き歩廊のわが孤立感

いくばくか夕暮れはやくひとけなき英国大使館のあたりまで来つ

酩酊をしたくて飲めばこひびとも病む垂乳根も今われになし

居心地のすこしにがくて東京のひと夜は雪とならぬ寒さよ

東京の街音戻るあけぼのを子を呼びいだす受話器を取りぬ

新宿駅西口に来て待てといふをのこはすでに子の声にあらず

絵空ごと

裸眼にて見ゆる近しさ荒崎の風に吹かるる
ナベヅルの群

をちこちゆ感嘆のこゑナベヅルの中のマナ
ヅルの白さ際立つ

閑散とせしきさらぎの諏訪書店まづ平積み
の本を眺めて

とほざかりゆける日差しは愛に似て絵空ご
となどわれは誓はぬ

わがうへを過ぎし十年　春告鳥待つてたこ
ろはまだ初《うぶ》だつた

麦の芽のやうな文字なり愛さへも不器用な
りき血を頒つ子の

はるばるとわがために来し春の使者ジノリ
のデミタス一つ頂く

忽ちに来し五十代共に棲むこと絶対の幸《さち》と
おもへず

ふはふはふはと

葉桜のみどり日にけに濃くなりて放置自転
車のかたへを歩む

月曜の朝の渋滞薬院駅《やくゐんえき》踏み切りに来てバス
乗り換へる

大悪をけふもなさずて湯あがりをキーウィ
ーワインにほろほろ酔ひぬ

「木楽屋《きらくや》」の暖簾くぐれば姪書きし〈ゆめの
また夢〉マッチを一つ

筑紫野の春のゆふぐれ身体のふはふはふは
と逢ひたきこころ

さかえ屋の手作りクッキー食《は》みにつつ恥づ
かしきこと思ひてをりぬ

スクランブルエッグにしよう後朝のわれに
あらざるわが朝のため

職場が好き

街川を二つ渡りて出勤するこの猥雑な職場が好きで

私信待つファックスのまへ神ならぬボスに見られて言葉捧ぐる

可愛いさに今いちなれど黒い子猫わたしの指を噛んでごらん

また一人辞めゆく人を阻止できず赤い財布を贈りて別る

八時間いな九時間を働きて身の内ふかく汚濁ひろがる

デジタルの時計の秒音これ以上精進できない夜のあぢさゐ

やはらかくそして鋭く纏ひつく言葉に会ひに行かばや晩夏

疑似家族

はつ秋のあをさ湛《たた》ふる四万十の水の流れのゆるやかにして

消えてしまひし胸の火種に触れに来る蜻蛉ならめ羽震はせて

薄青き夕靄のなか歩みきて佐田沈下橋ふたり渡るよ

身に纏ふわが薄ごろも疑似家族風に吹かるる水のほとりに

とどまらぬ秋の雲見ゆ友はみな良妻賢母に過ごしゐるらむ

死別よりあはれ生別　鰯雲ともに見しことなかつたやうな

草枯るる墓原ありてどの墓もあたたかさうな陽がさしてゐる

とほからず来る幸ひを思《も》へといふ鸚鵡《あうむ》がへしにその声に問ふ

太古のひびき

海老津駅の坂を下りて逢ひにゆく母に恋人のやうに待たれて

泣きながらスープ飲みゐる母が見ゆ老人ばかりの食事室に

みづからの呼吸する音きくやうなさみしさなりき帰りきたりて

太古よりいまもつづけるひびきかと渚に波の音《ね》をかなしめり

掌に拾ふ石あたたかし生涯を独りに過ぐすこころ揺らぎぬ

糸垂れて釣りする少年夕かげの迫りきたれる潮《うしほ》にむかひ

吹く風にしなひて靡くかなたなる真麻《まさを》のすすき萩の白花

夢のごと光を帯ぶるすすき穂にあゆみかゆかむ　あゆみゆくべし

たれも見てをらねばひととき潤ほひてむらさきしきぶの紫の珠《たま》

夢のつづき

逢へばさらにふかみゆく愛ささなみの水の
面の水草もみぢ

十六夜の月の下びに口遊《くちずさ》む〈舟を浮かべて*
出掛けませう〉

*「湖上」中原中也

みせばやの花に見られてこのゆふべ手足す
なほにつつまれてゐる

婚姻をなさざる愛のゆくするゑは「死ねば終
はりね」闇に言問ふ

あさき眠りの夢に入りきてわれを呼ぶをと
この声の強弱かなし

見し夢の続きのやうな朝の卓あなたの好き
なチリチリベーコン

雁渡し吹く朝帰りゆきしひと窓辺によれば
風のささやき

かなしき力

大胆な仮説をたてて問ひてくる霜月はじめの電話のこゑよ

あなたへの去就さておきわれはいま朝を都心にいでゆかむとす

メタセコイアの枯れ葉降りくる坂の道犬曳く人とすれ違ひたり

秋草の黄も枯れゆきて水の面吹きゆく風の鋭くなりぬ

白鷺は水についばみ那珂川のむかう高層ビルは夕映え

忽ちに街並み暮れて憂ひなき人等帰りゆく飾り窓の向かう

みづからの食料買ひて戻りくる五階右端あかり点らず

われ立てばめぐりの空気したがひて動けるごとき夜半《よは》の感覚

ひとを憎むかなしき力のまだ残るわれなり夜の白薔薇とほし

Ⅱ

日暦

いかほどのわれを得たらむ雪のなき一月六日あなたの決断

うかうかとこの幸せに麻痺しゆくわれかも七草粥啜る朝

木の花が好きでまんさくが大好きでわがメモリアル早春の頃

ざぼん一個卓にしあればみなぎれるその黄の色にわれは近づく

携へてふたり生きむよ　みやうじやうの衛星けふより地球を巡る

視界ややうすくなりゆく宵闇のこのたどたどしさは至福の時間

柞葉の母に嘉《よみ》され契らなむ独りがふたりにならむさんぐわつ

ふつつりと過去を忘れて菜の花の黄色買ひ来ぬ西行忌けふ

ただよへる木の葉が辿りつく岸辺セイヤウ
タンポポ浄くかがよふ

迅速に弥生三月来るならめ筑紫博多の日暦
を剝ぐ

ふたたびの婚

玄関に花の幾鉢並べ棲むここには六条御息
所ゐず

竹下の駅のホームにちちははの子なれあな
たの父母を迎ふる

遠き日の言葉どほりになることの一つかこ
れは、牛蒡を洗ふ

見し夢にしばしたゆたひ起きいづる始発新
幹線ゆきたるのちを

いづくにか心置きて来しやうなさびしさ
家内《やぬち》くまなく清む

サイネリア一鉢さげて帰りくる君はたやす
く凡庸になる

これの世の神の悪戯に身を任せ春の岬に明日は旅ゆく

花蔭に鳴くうぐひすよ　ふたたびの婚なしてわれ節婦にあらず

午後のソファー

クレソンの香りせつなくほろにがく弥生三月つくづくと妻

さより細魚なにをかなしむひとつぶの泪零しぬ俎のうへ

やはらかき雨に伸びゆく赤芽ある垣根の角を曲がりゆきたり

休日の午後のソファーのあたたかなかたまりをこそ汝とし思ふ

ま青《さを》なる天にし鳴ける揚げ雲雀ききに行かむか皿拭きしのち

菜の花の咲く土手に来て菜の花の如き少女とすれ違ひたり

思ひ出し笑ひしてをり結球の固きキャベツ
を剝がしゆくとき

早瀬のごとし

護謨の木の鉢をし置ける玄関に「頑張らな
いで」とエールを送る

出勤をおくりてあふぐ街路樹のいちやうの
芽立ちの緑つぶつぶ

葱坊主咲く畑見つつ午後四時の買ひ物帰り
のわれの自転車

汝が母のもちて来たりし白菜の漬け物こん
なに赤たうがらし

姑が来て姑に仕へてありたれば早瀬のごと
しきのふよりけふ

水使ふわがかたはらに今宵来てかまはれた
くて皿を拭きゐる

米研ぎて灰皿洗ひ灯を消してまさにかなし
くひとの妻なり

悲願

客人《まらうど》は帽ふかくしてあゆみくるふるさとの
道夏雲の下

思ひつきり花がつをふればふるふるとふる
へてゐるよ焼き茄子のうへ

車椅子の母つれいだすゆふつかたもろこし
畑は葉群さやさや

死後のこと夢のごとくに言ふ母よ待宵の花
水のむかうに

瓜封じにねがひを託しかへり来ぬかそけく
夏の落葉散る道

死にたれば一つ墓に入れるを甘露のごとく
いひたまふ母

山の雨あがりしのちを声澄みて夏うぐひす
の枝隠り鳴く

老鶯《らうあう》のこゑのうるほふ山の辺にわれや悲願
のひとつありけり

盛夏ばうばう

スリリングな出会ひも事件もけふあらずドラセナばかり伸びゆく窓辺

下半身いよよ太りつカント的時間割なすわがあけくれに

「かがまりて君の靴紐結びやる」八月三日中城ふみ子忌

亡き人の恋歌一首つぶやきて遊民《いうみん》にあらず盛夏ばうばう

プチトマトのやうなをみな子泣きながら階段下に蹲りゐる

つらなりて鳥は空ゆき窓のうち蔵《しま》はれたりし待つのみのわれ

せつなき都市

兆しくる微熱のごときを何とせう閉所恐怖症のささなみたちて

大夕立須臾《しゆゆ》にして過ぐあら草の尖る葉先のきらきらの露

書きなづむ午後のわが窓を叩きたる大夕立は慰藉のごとしも

護られて庇はれて菌の増殖すこのアンニュイはただごとならず

博多区のここは竹下　眼を凝《こ》らし君と捜せど銀河を見えず

あくがれの銀河まなこに見えざれどせつなき都市を少し愛する

ほんたうに夫ならむか性愛の外にしあれば呼び捨てできず

蔵出しのビール飲みつつ感情の屈折ややに弛みてゆけり

佳日

年齢の制限なしと書き添えられはあとめーるの誘《いざな》ひが来る

あらくさの匂ひのやうなあなたにはカント
リーロードが最も似合ふ

オコハグサ、アヅキノマンマ、赤のまま
むかしむかしのままごと遊び

朝露に濡るる桔梗の紺のうへまことちひさ
な虫が宿りぬ

かなたには蕎麦の花見え窯出しの佳《よ》き日を
集ふ男をみなら

英二作その名「和交」の一皿は手より手へ
と受け渡されて

玉すだれの白さえざえと咲きそめて今年の
秋の天地《あめつち》澄める

隠しても隠してもこころ覗かれて水引草が
くすくす笑ふ

ゆるやかに時の流るる秋まひる夢の器《うつは》のな
かなるふたり

ゆめ

一九九四年十月八日　香椎宮

「謹みて香椎の大神の大前に申しあげます」
声ふるへをり

指繊《ほそ》き巫女より享けし玉串を神のみ前にゆ
きて捧ぐる

マイライフ

背振嶺の天のゆふばえ消ゆるころ引き戻す
かな大きをとこを

秋冷のゆふべもどこか窓すこし開けて眠れ
り「おやすみなさい」

早や一年この一年の疾《と》く過ぎて時代は変は
りわたしも変はつた

前庭に園児を送る母ら集ふそこすり抜けて
風とわたくし

那珂川の土手に摘み来しゑのころ草コップ
にいけてワープロにむかふ

高蛋白低カロリーの食材をレシピどほりに
つくりて待てり

「マイライフ」共に見終はりビデオ消すこの
ささやかな幸たふとけれ

身の芯のまことゆはゆはをみななれ泣きた
くてゆく護謨の木の蔭

をとこの味

しあはせにこの一年のあれかしとふたり詣
でぬ香椎の宮に

またけふも生きてゆくのさこの朝《あした》とどく口
上ファクシミリより

手を離れし子どもは捨てる子どもよりわが
身が大事　わたしが大事

おもひでの欠片《かけら》のやうな雪が降る富良野の
丘をビデオに見てる

当流のヒューマニズムに憧れて気負ひし時ありし若き時なり

スィートホームと揶揄されながら飲んでゐる美酒男山《をとこやま》をとこの味す

集ひたるうからはらから信濃産サン富士剝けばかぐはしきかな

雛の宵

整然とキャベツの頭並びゐる弥生さんぐわつ雪降るなかに

持時間きのふかなしみ今日たのしふろふき大根煮含めてをり

百の窓ならべるなかのその一つめざして帰りくるひとを待つ

銘柄は〈博多とよのか〉プランターの苺ひたすら成熟をする

むかうからやつて来るのはたれだらう再婚以前の私のやうな

運命といふ甘やかさたよりなさ白きシーツを真白く干して

大胆にそして繊細に迫りくるオートロックのドアのむかうゆ

不揃ひの雛を愛する雛の宵死ぬまでをみなでありたかりけり

疾風は杉の花粉をはこびきてわれと野猫とくしやみしてゐる

今年のさくら

楽天的になりゆく心くれなゐの若葉うるはしチャンチャンの木下

をちこちにヴィオラ花咲きわたくしはこの小安がもつとも似合ふ

なかぞらに暫しとどまりゐる雲雀囀りさやかに零れくるなり

いまはただ鳴くためのみに天にゐる雲雀ともしも地上のわれは

手触れむとして虔《つつし》みぬ今生のことしのさくら白さだまりぬ

一陣の風に散りくる花びらを享《う》けとめたゆたふ水の面《おもて》は

あひよりてみぎはに泛かぶ花びらのうすべにいろや　今年のさくら

地の上に散り溜まりゆくはなびらの果敢《はか》なさをこそたれか嘉せよ

やすらぎの里

花冷えの古代公園めぐりゆく六郷満山の文化に触《ふ》りて

堂内にただよふ香気乱し入る卯月のあめに濡るるからだを

しろたへの椿の花の散る庭に姑と並びてメモリーのこす

水の面にうつる川中不動の像ほそき四月のあめが崩しぬ

鬼がひと夜築きしなると伝へらる乱積石段あへぎつつ登る

薄霧に覆はれたりし磨崖仏しばしあふぎてつけるためいき

ひとつ傘にイチヰガシの参道あゆみ来つ宇佐八幡は蚕の神さま？

町営の真玉温泉真玉荘ふるさとびとのつどふ温泉

国の崎ならむくにさき安らぎのわれのふるさとみ仏の里

星野村

若葉あめ光る八女郡星野村しろきやまぼふしの花に逢ひけり

雨あとの地《つち》やはらかくのぼり窯のめぐり白妙のやまぼふし咲く

霧雨に濡るるあやめのみづみづし汝が生れし村の水の辺あゆむ

風出《い》でていとけなき稲そよぎゐるここの棚田の水豊かなり

ふたたびの妻なる不思議さ今朝もまた汝が
喉仏あふぎておくる

味覚まであなたの好みに慣らされてけふの
メインは激辛カレー

捕らへられしはあなたかわれか遠き窓一つ
めがけて没り日の射せり

夢のむからに

出水《いづみ》より届きし『にっぽん子守唄』吟醸詩
とぞ命名されて

「にっぽんが好きです」遥か西照寺の伽藍が
見えます夢のむからに

いけない事けふはしたくてカーテンを閉ざ
せば不知火《しらぬひ》の海となりゆく

福之江の海の男よとことはに男ともだち福
江洋一

白南風《しらはえ》の吹くころ訪《と》はむ広瀬川に鮎躍るころ出水を訪はむ

一巻のひとの人生のかぐはしさ近刊詩集灯火に読めば

こんぺいたう口に含みて幼年の恋がこひしい雪の夜である

Ⅲ

ひかり凪

くわんざうのくれなゐすでに過ぎたればこの花野もしづけき時間

つば広の帽子にとまるてんたうむしむかしわたしも少女であつた

死後の父いつしか美化され浄《きよ》められ木洩れ日のやうにわが身を嚢《つつ》む

さびしさを振り払はんと髪あらひまひる湯浴みぬ　夫は働く

水鉢に折鶴蘭の白根伸ぶかかる営みのせつなかりけり

すでに父あらねば歳歳《さいさい》ありし日の父の齢《よはひ》にちかづきてゆく

あひがたき父なりしかな此岸にはうすべに色の酔芙蓉の花

那珂川の水位落ちたる水の面夏を越えたる水鳥あそぶ

生きの緒をかさねて憩ふ水鳥や　那の津博多はけふひかり凪

背振嶺の空に拡がるうろこ雲ほがらかにしてしばしとどまる

水草紅葉

氏素性定かならざる人をらず村の入口の大き柿の木

いつまでもこども扱ひされてゐる郁子《むべ》の木
下に郁子をあふげば

ゆうるりと時のながるるふるさとの空があ
をくて雲がながれて

歩《ほ》をとめて憩ふ水の辺ありなしの風にさゆ
るる水草紅葉

池の辺は芒ばかりであふとつあるわが身の
どこか潤みゆくなり

秋晴れの陽を浴び毛並み光る猫　猫もこん
な日はさびしいのかしら

枕頭に高島暦大正五年丙辰生まれの母が眠
れり

饒舌の罠に嵌まりぬ置酒歓談　阿吽の息の
あふのはあなた

テリトリー

薄霧をまとひて並み立つ銀杏の樹世界の終
りのやうな朝です

きりぎしにあかき花咲く藪椿いのちの水の
たぷたぷながれる

みどり子のあたまほどなる石抱へ太古のを
みなのごとき表情

立冬を過ぎて吹く風　韮の種子おほよそ散
りて飛びてしまひぬ

ふらんすに来よとふ人もをらざりて竹下界
隈わがテリトリー

泣きさうなシリウス仰ぐただ今のわれを知
らざるわが夫がゐる

けふのあなたは草食《は》む麒麟その胸の若かり
しかな遠かりしかな

東　京［II］

フレーズは〈東京卒業〉とはいへど九段坂
ゆきひとにあふかな

水鳥は東京育ちしなやかに水脈《みを》曳きてゆく
二羽また三羽

くらやみに紛れることさへ許されず水銀灯
を沐浴《ゆあ》みてあゆむ

みどり濃き松と千両たてまつり仏心あはく
にひどし迎ふ

天の青あをあをとして平成八年睦月朔日寒
牡丹の紅《こう》

くりや妻

ふたたびの春はあけぼののくりやづま真水に
すすぐ緑の稚海藻《わかめ》

朝戸出の夫の機嫌を伺へばにんじんジュー
スのやうな応へよ

集団より逸《そ》れてあゆめるをみなごの盆の窪
さむし葉桜の道

ゆふばえの衰へゆけり用水路に沿ひて歩み
をひきかへすなり

いづこより歩みきたれる老いふたり木椅子に憩ふ春昼つ方

今生《こんじやう》に見たしと言へば今生のそらまめの花母に摘みくる

博多今昔

「昔小娘が」流れる曲はシャンソンで天神地下街からくり時計

しらぬひ都府楼趾のひる鎮《しづ》か未来は過去と地続きである

破滅型無頼派詩人世にあらず能古島の丘ひなげし揺るる

ちはやぶる香椎の宮に婚あげしうつつかゆめかゆめさうらふよ

勝敗より過程たのしむ　はつなつのホークスタウン九州博多

街から街へ

たそがれの人参公園の鞦韆に虎が雨ささ降
つてゐました

「むじんくん」つてどなたでしたか八十歳《はちじふ》の
母が吃音に尋ねてゐたり

男女雇用機会均等　嘘の嘘　一日三食しつ
かり食べて

ハウスワイフある日は暇人《ひまびと》けふ母親離《さか》り棲
む子へ下着をおくる

六階の羽衣の部屋ご予約の漁夫伯竜はすで
に酩酊

街道をゆくのは司馬遼太郎わたくしは脇目
を振りて陋巷《ろうかう》あるく

あれは夢これは饗宴ふきあげの水の七色キ
ャナルシティに

生きかたのマニュアルなくて右顧左眄して
ゐる朝の社《やしろ》に鳩は

レッカー車に運ばれゆきしカリブラよ取り
締まり強化街から街へ

九州に湿舌覆ふ昼つかた泰山木はほはり花咲く

柘榴忌

今生に逢ふことならぬ忌*のきみよ朱《あけ》きはまりぬ柘榴の花の

*鶴　逸喜忌

朱色の柘榴の花が好きだつた　摘《つま》みはいつも枝豆だつた

博多祇園山笠

施餓鬼棚《せがきだな》水まき祈禱とその昔呼ばれゐたりし祇園山笠

人形師三宅隆の造りたる瑞応萬歳楽をしばしあふぎぬ

那珂川を越ゆる山笠とほき日のわれの男児《をのこ》のすがたの泛かぶ

くりかへすオイサオイサの掛け声の巷にみちて山笠《やま》駆け抜ける

駆け抜けるしめこみ姿の男たちをとこにシビレ朝より酔ひぬ

廻り止めすなはち決勝点までをかき山七流疾走しゆく

山笠《やま》のぼせのわたくしもゐて勢《きほ》ひ水ふたたびみたび夏空にまく

午前四時五十九分追ひ山の太鼓の合図にをとこら燃ゆる

大太鼓櫛田の宮に鳴りひびき「山笠のあるけん博多ッたい」

ブランチの卓

魂に素手で触れくる言の葉の潔きかなブランチの卓

望の月かたぶく夜に埋《うづ》め来しアボカドの種芽吹きをらむか

むきだしのままの魂愛《いと》しかり日にけに育ちゆくアボカドも

わが丈を超えて初秋の風に鳴る葦の葉群をわけつつ歩く

知命疾《と》うに過ぎて執する命あり日常ありはや秋立ちぬらむ

糸瓜忌のへちまの長さ永遠《とことは》に愛は保つとゆめ思はざり

そばにゐてほしい

「美代子さん」と呼ばれて妻たりあなたには「オイ、コラ、オマヘ」は年季がゐるね

博多蔵出しビールで乾杯そののちはお酒それから……もうおしまひよ

オリーブ油したたらせ茘枝炒めゐるゆふぐれのわれ額《ぬか》に汗して

几帳面なることたしなめられてゐる大雑把なりしおひとに

生涯の伴侶に半端なるわたしけふは謙虚に頭を垂れて

うつし世が夢であるなら夢もまたこの世の界の鏡ならむや

ゐなくなる夢見てしまひしあかつきを声に
いだしぬ「そばにゐてほしい」

あとがき

新しい年を迎え、これまでの災いをさっぱりと清め心新たに年神様を招く、福岡のお祭りに太宰府天満宮の「鬼すべ」があります。福を呼び春を招くこのお祭りもさることながら、博多の街は一年中祭りで賑わいます。五月の「どんたく」、七月の「博多祇園山笠」など。開放的で型にはまらない気性の博多人、そして博多の街や祭りに魅せられて、好んで歌い残すようになりました。

本歌集『ひかり凪』は、一九九二年から一九九六年までの作品、三百二十九首を自選しておさめました。『夢の器』につづく第四歌集です。この間、生活の糧として働いていた職場を辞し、五〇歳をこえ専業主婦に戻りました。

ふりかえってみますと、短歌という詩型に携わるようになって、二十五年の歳月が過ぎました。ただ歌を作ることが楽しかった第一歌集『早春譜』の頃、短歌によってかろうじて自らを支えられていた第二歌集『季節はわれを』の時期。思えば歌集はわたし自身の歴史であり、精神の軌跡でもあるようです。懸命に生きた、でも、いささか滑稽なわたしの姿が本集にも残されています。他者の評価が気にならないこともないのですが、歌わずにいられないものを歌ってきたと言えそうです。そういった意味では後悔はしたくないと思います。いずれにしましても、今在る現実から目を逸らさず、今後も歌に関わり続けていけたらこの上ない幸いです。

この間も公私にわたりお励まし下さいました「未来」の近藤芳美先生、とし子夫人。そして同人としてともすれば逸脱しそうなわたしをお見守り下さいました「飈」の久津晃・山埜井喜美枝ご夫妻に心よりお礼申しあげます。

出版にあたりましては、ながらみ書房の及川隆彦氏に前歌集につづきお世話になりました。記して感謝いたします。

一九九七年一月七日

恒成美代子

自撰歌集

『夢の器』（抄）

I

秋　光

どしや降りの博多を発ちて秋光のさやけき九月の東京あゆむ

漸くに辿りつきたり上根岸八十二番地夜の子規庵

月光の蒼くさす下破《や》れ芭蕉その傷つきし葉脈さらす

手弱女に終はりたくなし絶筆の子規の句三つ口にまろばす

カプチーノ入れてください　この夜を修辞の海へ漕ぎいだすから

思ひのほか効をなすこと有りや無しや　夕つ日させる黄落の森

ゆふかぜのテラスに立ちぬ此の秋も戸籍の妻に独り棲むなり

紺青の海

紺青《こんじやう》の海をし恋へり闘ひの余燼のやうなわれのこころは

透明なかなしみいつか忘れつつゆふべ見てゐる鳥類図鑑

公園の石のベンチも鞦韆も冬夜の月に濡れて光りぬ

あの夏と同じくらゐにあをあをとあをあをとしてけふの玄海

不真面目な奴ほどうまく立ち回る誰かが誰かを指弾してゐる

男女雇用機会均等夢のまた夢にて男の世界の職場

引き潮となれる那珂川《なかがは》白鷺とゆりかもめゐて白鷺の舞ふ

帰り路のここ柳橋冬雷の過ぎたるのちの蒼き夕闇

薄明の舟

拭きてやる肩薄きことこんなにも小さくなつてしまひたること

足元に湯たんぽ入れて頤《おとがひ》をうづめて眠るゆふべの母は

枯れ草に腰をおろして小半時マガモ、カルガモの姿眼に追ふ

纜をとかれてすすむ薄明の舟のやうなるけふのわたくし

岬の馬

雪の中に立てる岬の青馬は過日のあなたのやうでならない

その背《せな》に雪被《かづ》かせて立ちてゐる馬のまなこのここより見えず

きさらぎの雪にたてがみ濡れながら群れより離れて行ける一頭

さりげなく慰撫するごとき便り来つひともに苦しみて四年を在りき

肩寒く目覚めておもふわれよりも傷深から
む遠きひとりは

風響《とよ》む五階の部屋に馴れゆきてただに目守
る女男《めを》のゆくすゑ

照葉樹林

岩躑躅咲く崖あふぐわたくしを父のやうな
る山笑ふかな

ヤブカウジ科伊豆千両の白き花見よとしい
ひて誘《いざ》なふこゑの

風吹けばきこえくるらむ縄文の人吹きしと
ふゆす笛の音《ね》の

木洩れ日をうけて光れる山清水その清水《せいすい》を
跪き飲む

予祝するごとくに咲ける花馬酔木日向《ひうが》の里
にひかりはみつる

まれに来てわれは慰撫され日向産風干《ひむかさんかざほ》し一
本賜はり帰る

露の小草

身の奥をあやしかねたる暁を露の小草《をぐさ》を踏みてのぼりぬ

行きてまた戻るほかなしあかときの露に濡れゐる草の間の道

切実にわれはわが声挙げしことあるやあらずや　白牡丹散る

雨あとの空のまほらに桐の花大気震はすやうに咲きそむ

人に人添ひゆくことの儚さを彩におもへり堅香子の花

鶴逸喜忌

雨に濡れ朱《あけ》つやめける柘榴の花在りし日のきみ愛したる花

水無月の死は忘れられ柘榴忌*の柘榴の花の雨に濡れゐる

*昭和52年6月26日　享年49歳

島への遡行——野村望東尼——

此の島に流謫の身なりし十ケ月の蟄居思へ
どおもひ見難し

灯火なき囚屋《ひとや》の女人　一八六五年慶應元年
がこと

玄海の潮《うしほ》にその身洗はれし栄螺を食《は》めり民
宿吉田屋

『ひめしまにき』読みゆく夜の窓を打つ風は
激しき雨伴ひて

F〇二・六〇五九長福丸　男ふたりが看板
に立つ

幽閉の望東尼《もとに》つらぬきし志うべなふわれや
海光のなか

夏の花

沛然と芭蕉を叩きわれ叩きめぐり浄めて夏
の雨過ぐ

犬蓼は赤のままなり　赤飯《あかまんま》　性善説を信じ
得ざるも

きのふよりけふ鮮しき橙黄の凌霄《のうぜん》の花会心
の笑み

自堕落に生きよ生きよと挑発する凌霄花《のうぜんかづら》は
夏の日の花

咲く花のいづれもかなし夏の花　赤きダー
リア花魁草《おいらんさう》よ

夏紅《あか》き花の木下に繋がれしものの如くにひ
とときをりぬ

嵌め絵のやうな

深草にかぼそく鳴ける虫の声塋域《えいゐき》に来てこ
ころ休らふ

ふるさとの虫に刺されしわがからだキンカ
ン塗つて塗つて寝につく

惑ひつつ五年《いつとせ》過ぎて今年またわが眼《め》にしみ
る秋海棠《しうかいだう》よ

ひと色に見ゆるにあらず滔滔と海にも水の
流れ道あり

夕海に飛ぶ魚ひかるこの瞬間《いま》を異郷にたれか死ぬ人あらむ

吹く風のをさまり凪ぎて濃密な嵌め絵のやうな海の夕景

生きてさへゐれば生きてさへゐればかすかな厚みある秋の海

未熟なる婚の記憶を呼び戻す白雲泛かぶ空は瑠璃色

この世の端

ミュージックとまるを待ちて吹きこみぬ留守番電話に声擦れつつ

寂寥の夜半《よは》を隔てる東京のわがわかものの住む鶴巻町

いしぶみを濡らす秋霖あつたのかなかつたのかかの団欒の

博多弁忘れてしまひし男子子《をのこご》のいまでも好きな辛子メンタイ

盥より出でなむとして出で得ざる蟹の子あはれあはれ蟹の子をとことは

飛びたてる一羽に続きみな倣《なら》ひ翔びゆくかもめの翼白かり

動きゆくこの世の端に母のゐてふるさとなまりにわが身いたはる

母と飲む葛湯の甘さたとふれば〈蔦が蔦生む〉こともまた可《よ》し

三年に一度巡れる更新の今年の五月の汝が誕生日

罅割れしむらさきいろの石鹸がタイルのうへに乾けるまひる

菖蒲湯に首まで浸かる男とは夫とはわれに何にてあらむ

ゑんじゆの花咲いてその花散る下びたれも坐らぬ石の椅子あり

怖ろしきものの中なる鬼わらび、枳殻《からたち》の刺に触れてもみたし

子の父に言問ふことのかなしみを振り払ひつつ父たらしめむ

幻家族

那珂川の夕まぐれどき犬がゆき人がゆき幻の家族があゆむ

もう少しわが身力を試さむとくださりしかなこの艱難《かんなん》を

いつもどこか何か違ふと思ひつつわれがわたしに抗ひてゐる

雨あとの柘榴の花の眼にあふれ妻でなくなる日も遠からず

ふれあひて鳴る玄関の魔除けの鈴うすらに寒し六月の風

泰山木の花の匂ひが重たくてもてあましゐる薄暮の時間

はたた神

影干しをなせる衣のその下にわが来《こ》しかたの軌跡をたどる

家裁まで行かねばならぬ　霹靂神《はたたがみ》鳴りだしさうなけふの天です

生活の断片のごときを知らされて窓辺に見てゐる飛行機雲を

このゆふべ留守番電話にセットして人を絶つなり　瞑想タイム

必然のこととみなして立ちあがる夏のゆふべの余光のなかに

一介のをみなにて鬱を飼ひならしあをき枝豆をとりあへず食《は》む

ひと夜へてにれがむ言《こと》の葉たつ面輪氷炭《ひょうたん》なせるおのが心の

濁流に洗はれて早や立ち直る川の中州のけさの夏草

わたらねばならぬ川あり朝霧の退きそめて
ここが結界

II

思ひ出

ブルー・マンディ

肩寒く朝の会議に坐りゐるブルー・マンデ
ィのひと日はじまる

言ひたきを言はずにあればしくしくと痛む
胃の腑と胸のあたりよ

呼びかはすものなき歩み月光は百年のちも
ふりそそぎゐるや

落款の濃ゆき親書のここ二日机上《きじやう》にありて
寒きわが夏

一瞬に世界が死ねば思ひ出の欠片《かけら》は何処へ
行くのでせうか

たれにでも愛されるのは花八つ手われは憩へり石のベンチに

街路樹の黄葉《もみぢ》散りくる此処に来て何待つとなき車が駐まる

枯れ蓮のあはひを巡る二羽の鴨あとを追ひゆくいびつなる鴨

欄干にもたれて水面《みなも》見てをりし鬱のかほ鬱のまま立ち去りぬ

われを叱る夜すがらの風唯唯諾諾してゐるわれを叱る夜の風

感情の綾

月の射すキッチンに立つ魔法瓶　致し方なくわれ世帯主

滑稽なマージナル・マンわたくしが厨房にゐる春の夕暮れ

確かなる場を占め伸びる護謨の木が息苦しくてならぬ今宵は

処しかねてわがもてあましをりをりを治《たの》しみてゐる感情の綾

澄みわたる丘の蒼空　かなしさは出生以前のわたくし思ふ

白藤をうつして水を湛へゐる春の土器あり藤の樹の下

雨あとをさやにさやげる今年竹われを諭せることば賜へよ

いつ見ても泣きたいやうな花蘇芳あふぎつつゆくけふの勤めに

海ざくろ

一九八三年九月一日、大韓航空機〇〇七便は、サハリン上空に入り込み、ソ連戦闘機のミサイル攻撃を受けて爆撃され、二百六十九人の乗客が全員死亡した。米国の音楽留学から帰国途中の長男夫婦をこの事件によって亡くした岡井仁子さんは、遺体も遺品も確認できないまま、未だ真実は知らされていない。
子どもの行方を捜し求める母親の心を表現した壺「海ざくろ」を作陶、個展を開く。

「海ざくろ」と名付けられたる翠色の壺は声なきこゑ伝へしむ

長月の海に沈みし若きいのち二人の声を聞かせてください

冬の花飾りてみてもあまりある海ざくろのそのかなしみの口

みどり深き陶の肌へに手触るれば直截にして母の心情

ティアーズ・ポットに溢るる涙てのひらに包みて祈りき二千年前も

花がものいふ

壊れやすい朝の神経なだめつつレモンバームの紅茶を飲みぬ

土耳古《トルコ》桔梗の花のむかうに笑《ゑ》む人をむかしのわれと思ふさびしさ

高蛋白低カロリーの宣伝につられてつくる雪花菜《おから》チャーハン

語尾あまく吾《あ》を呼びくるるベランダの花にものいふ　花がものいふ

硝子ごしに揺らぐ緋色のゼラニウム月ある夜を眠らむとせず

ひとに添ふかなしみ溢れうつしみは暫しきゐる河鹿のこゑを

夢の器

きみが港われが小舟であつたなら、あるは
ずもなし夜がまた来る

幾曲りして自意識の肥大なるただいまのわ
れいかにかもせむ

ストールに肩を包みて待ちてゐる欅通りの
暮れせまるころ

婚姻をなさざるが佳《よ》し　ふたり来て風なき
天の糠星あふぐ

身ひとつで来よと叱られ叱られしこと幾年
ぞ沁みて思ひぬ

さざんくわの紅《こう》をつつめる薄雪はけふのわ
たしの夢の器《うつは》よ

筑紫野の春

あめんぼも蝌蚪も泳がぬ掘割りのこの水の
辺は春定まらぬ

思ひより加熱するなく隔たりてわれは在りたし地平となりて

これの世にアルカロイドのやうな君ありて励みぬ真夜の机に

しあはせになるのも才能さういへばそんな気がする如月八日

筑紫野の春の夜です　するならばむかしむかしのかの通《かよ》ひ婚

蓮根の穴はいくつときみ問へば蓮根の穴数へてゐたり

能古島《のこのしま》ほのか明るむを声に告げ寝につかむとす　おやすみなさい

あぶつてかも

「あぶつてかも」は炙《あぶ》つて嚙むの　こひびとと思はれふたり酔ひて候

こころより喉のうるほふ東京を話題にしつつ飲む西の関

フェミニストになかなかなれぬ九州男児あなたも好きな辛子メンタイ

替へ玉を註むのもよか　ラーメンはトンコツスープの長浜ラーメン

「すいとうよ」「よかきもち」とふやはらかき博多弁を使ふことなき

ほのぼのと淡き黄色のオクラの花とづるゆふべのやさしさにゐる

信濃の空

高きより声の届きて手より掌《て》へ享くる信濃の林檎一つを

そのひとの思念のみなもと溯りあふぎぬ信濃の瑠璃色の空

清流に冷やされてゐる青林檎二つ合ひ寄り一つ離るる

一陣の風通るらむ明神池の水面かそけくさざなみたつも

よろこびのあとのよろこび朝露に濡れてい
ろ濃き桔梗《きちかう》の紺

息つめて見てゐる背《せな》に従ひぬ旅の終はりの
碌山美術館

揺籃の秋

思ひ出の一つ二つの浮かびくる千屈菜《みそはぎ》の花
みぎはに咲けば

かはゆくも鈍《のろ》くもなれぬ　ねこじやらし風
に吹かるる野の道あゆみ

底ひまで浄く澄む水掻き乱しひとときあそ
ぶわれの十指は

末枯れつつ実となる芙蓉暮れ方の風吹くな
かにかそけき音す

きのふよりけふ色づける銀杏《いちやう》の実銀杏黄葉《もみぢ》
は揺籃の秋

過剰愛

イルミネーションに額照《ぬか》らされて歩みくる
若き微笑み無慙に明るし

モンゴルの旅の写真を携へて子は帰りきぬ
二年《ふたとせ》ぶりに

につぽんのどこかでだれかが過剰愛嘆きて
あらむ春の雪降る

子がわれを超えてゆくのかわれが子を捨て
てゐるのか　春の水雪

幼き日摘みとりたりし夢にさへ今に執して
子は対ひゐる

きさらぎの二夜《ふたよ》わがへにありたるを一夜《ひとよ》は
積もらぬ雪を見てゐる

送らむと来つれどこたびも改札口にわれ残
されて子は発ちゆきぬ

ひとを待ち人を愁ひて楤の芽のほろにがさ
こそけふのわが愛

告天子

揚雲雀容れて忽ちひきしまる天上の紺　生きてゐるわれ

おほぞらの一点占むる告天子一途なるこゑ零れてくるも

ゆふぐれの風なまあたたかき柳橋勤めを終へて歩み来たれば

隔たりてわれを視《み》てゐるわたくしが齢《よはひ》ひとつを加ふる弥生

人生の後半といふくだりざか車中に読みて眠たくなりぬ

空の渚

すこしだけ苦味《ビター》をください　夕映えに染まりて潤む一身ならば

いつまでも水面にただよふ水鳥のこゑはきこえず渚べ暮るる

天界はいまし薔薇色このわれにこの生《よ》のは
てに何が待つらむ

死ねばわが行くことあらむさざれ雲あかね
に染まる空の渚に

ノスタルジーをつれて

「東京でないとは幻想」何をするかに意味を
求めし北川透

肘のあたり毛玉のつきしセーター着ておま
へは来るよノスタルジーつれて

どのやうに生きてもいのち　母親を選べな
かつたね　生まれてしまつたね

睦まじく暮らす母と子絵日記のやうなわが
夢未遂に終はる

いつか見た風景それは子らが手をたづさへ
半蔵門を来る一家族

鴨がゐて鴨の子がゐて水の面そのさざ波の
岸辺に届く

九段坂いづち向きてかわがあゆむ人の子のわれ子の母のわれ

「アジールになれよ」だなんてわたくしはその避難所になれるだらうか

母われを無罪放免「さやうなら」こののちわれはわれを生くべし

一つ失ひ一ついただく幸あればしづかなる老いわれにはくるな

『ゆめあはせ』（抄）

I

夢の秀

百八つのひとつ鐘の音《ね》ひびききて母亡きのちの光陰わたる

鸊鷉《かいつぶり》一羽潜ればまた一羽水に潜りて音のきこえず

冬木々の根方の赤き藪柑子《やぶかうじ》二つ三つ見ゆ遊
びのごとく

日だまりに眠る猫ゐて白菜を漬ける母ゐて
むかしの記憶

手洗ひのそばに南天　右隣左隣の家も独居《ひとりゐ》

おだやかに光たたへて初凪の海見ゆ永遠《とは》の
一瞬の刻《とき》

箴言はピエール・ボナール幸福を発語する
とき幸福ならず

初凪の海に朝日子　豊葦原瑞穂の国の泥舟
ゆくよ

忘憂《ばういう》の忘我のひとときひむがしに夢の秀《ほ》の
ごと白き船ゆく

幾つ咲きしや

ひともまた老眼の度がすすみなむ　京都近
爲の薑《はじかみ》届く

未央柳《びやうやなぎ》の黄色の花の雨に潤み夢二のをんな
すこしあぶない

白妙のダチュラの花のうなだれて雨に濡れ
ゐる耳鼻科の庭に

番托堰の水音さやか帰り路はほのぼの淡き
待宵草咲く

マンションの影がヴェランダに伸びてきて
瓢《ひさご》の花がひとつ咲いたよ

邯鄲《かんたん》の夢のはかなさ伝へくる子恋ひの森に
鳴くほととぎす

藍ひとつ水色二つ　濃紫《こむらさき》は幾つ咲きしやあ
さがほのはな

そぞろ神

メタセコイアの古葉頻りに散る道を深刻さ
うに猫が歩めり

気まぐれなそぞろ神待つ　ぬばたまのここ
なる闇に来て憩へかし

人の世に興亡盛衰浮沈あり鵙は高枝に身をしぼり鳴く

腰ひくくズボンをはきし学生の一団行きて静寂戻る

十一月某日某時懸崖の菊のまへにし言の葉交はす

家ぬちのいづこかでする連綿的音を辿ればシャワーの蛇口

ゆゑよしもなく

哲学をしてゐるやうな楠大樹ここの社《やしろ》に千年生きて

一九九八年元旦を冬芽のびゆく菊ののどけさ

憂愁のゆゑよしもなくうら若きこゝろは抑揚をもたざりしかな

高齢者ばかりの里人待たれゐる死といふものがあるのだらうか

蠟の火のゆらげば亡きひと歓《よろこ》びゐしと教へたまひき母もすでに亡し

ひのくれは何かさびしく花柄のエプロンのまま門に出てをり

なかぞらを雁わたりゆきひとひらの取り残されし薄雲ただよふ

生き死には神が采配したまふと冬の銀漢あふぎて立ちぬ

濃闇

福岡県八女郡「星の文化館」汝《いまし》の里の蜜ある濃闇《こやみ》

死にてゆく星もあるらむ春弥生　天の素顔を見てしまひけり

大口径六五センチの望遠鏡に誘《いざな》はれゆく宙の星団へ

セラミックスガラスを使ふ反射型望遠鏡に覗く星雲

レストラン「北十字星」の卓上に並ぶ艶あ
るヤマメの姿

雲の天蓋

桜咲く卯月の空ににびいろの雲の天蓋ひろ
ごりてゆく

母逝きてひとりの兄の遠くなる桜咲く日の
うすら寒さよ

在りし日の母のつかひしや抽斗に禿びた筆
あり肥後守《ひごのかみ》あり

野に雲雀囀りわたり蚕豆《そらまめ》の花が咲いても母
はもうゐない

うつつ

かがまりてフローリングの床《ゆか》磨きゐしきの
ふのわれや　けふの現《うつつ》や

追ひ及《し》けぬ齢《よはひ》かなしむ君に言ふ「四十代より五十代が楽《らく》」

しつかりと宮に仕へて帰りくるむかし舎人《とねり》のやうな夫《をつと》は

いつもより発語がにぶい言ひ訳を考へてゐるやうな麒麟は

へだつれどしよせん3ＬＤＫの部屋の扉を閉めたり開けたり

かぐはしき花実婚式《くわじつこんしき》　かき抱《いだ》く子のあらざりてかなしき夫婦《めをと》

いびつなるかたちの手作り蒟蒻を大切のごとく姑《はは》送り来ぬ

はつ夏の光のなかに振り向けば今のうつつも夢のやうなり

些　事

ぢだんだを踏みて泣きゐるをさな子よ　ほら夏蝶が花に来てゐる

呼ばれども猫は猫時間の夢のなか僕《しもべ》とならぬ生き方潔《きよ》し

丈高きアガパンサスの憂愁は隠れて生きることもならざり

うつし世は鬱々暑くうはのそら「ゆとりがなければ優しくなれない」

さみどりの鶴ひろげゆく折鶴蘭わが五十五歳の齢《よはひ》更けゆく

ヴェランダにきのふの鳥が来てゐたり群れに属して群れに馴染まず

風鈴の鳴る音《ね》さやけき夕つかた沈黙こそがわたしの力

浴室のタイルくまなく磨きゐるこの些事けふのわれを支ふる

尾瀬ヶ原

竜胆《りんだう》の濃ゆきむらさき霧に濡れ大気ふるはし黄鶲《きびたき》の鳴く

黄鶲のこゑをききつつ下りゆく水楢の森木
洩れ日さして

寄りゆけばちひさな魚の泳ぎゐて池塘《ちたう》に浮
かぶ白雲乱す

よろこびの音符のやうに水の面《おも》黄色の萼の
河骨《かうほね》の花

さかしまに水の面《おもて》に映りゐる燧ケ岳《ひうちがたけ》のふか
き鎮もり

木道《もくだう》の果てなくつづく尾瀬ケ原はや七竈《ななかまど》色
づきそむる

朝の飯待つまを歩く尾瀬沼の霧の向かうの
三本松まで

こゑ挙げぬ草木《さうもく》こゑの限り鳴く鳥ゐて尾瀬
ケ原　秋はもうすぐ

居場所

をちこちに羽根雲泛かび大切なことを忘れ
てゐるやうな天《そら》

出でゆくも出でゆかざるも悔となるわたしの居場所まだ定まらず

秋風のごとき囁き「詠《うた》はずにすめばいいちばんいいんだらう」

得がたきを得たりて重ねゆく歳月わが夢いまは黄蘗色《きはだいろ》なす

けふわれは神に許され秋光《しうくわう》の満つる竹下通りを歩む

十年後

暮れ方を護讃の木下に跪き涙をこぼす「泣かんでもよか」

枸杞《くこ》の実の赤きがかなし秋の陽のいつか斜めにさせる庭園

評論人《ひやうろんびと》がこの世にをりて勝つための起死回生のすべを説くなり

雑然と積まるる書籍そのなかの一冊抜きて斜め読みなす

十年後のふたり思へば夫よりもわれに挑みくる齢《よはひ》ならむか

初春ホテル

新《あらた》しき年の始めを竹叢に天降《あも》りくるなり清き朝光《あさかげ》

極楽と地獄の違ひ　にひどしの事始めなる地獄めぐりよ

あらたまの幸せはこぶ〈はとタクシー〉七人家族次々に乗る

のどけくも欠伸してゐる河馬がゐる摂氏百度の池のほとりに

蠟梅の花咲く園によたよたと走るあひるの競争を見る

ダージリンの香りのやうにほのぼのと一家族あり初春ホテル

新しき世紀もうすぐ舅姑《ちちはは》よ渡りゆくべし手を携へて

あづさゆみ春

旋律に乗せられざりし歌詞八編寺山修司は伝説の人

雨ながら濡れて花咲く諸葛菜　たれも寂しい晩年おくる

働けばらくになるかな　たたかはず宛行扶《あてがひぶ》持《ち》といふ名の労働《ワーク》

古き葉を落とす常磐木あづさゆみ春の新芽をおくりいだしぬ

東京は

東京はいがらつぽくて乗り換への大手町への通路の長さ

福岡に一日遅れて降る雨に濡れて歩みぬ半蔵門まで

言の葉の匂はぬ東京　海棠《かいだう》のをはりの花は雨中にけぶる

史洋さんうたひし自転車の半身も見えずさびしも雨の神田川

東京は女を勁くするならむ元気なミドルエイジのふえて

触角

祖母《おほはは》のむかしむかしの写真など額《ぬか》寄せ夫と姑が見てゐる

ほととぎすの声は誘《いざな》ふ青葉濃き墓域への道ぬかるみなれど

桜の実啄みをりしひよどりの一羽が去れば次々に去る

虎が雨降るまで待つて、あぢさゐの葉陰のででむし触角のばす

一日が過ぎれば一日老いてゆく眠りを削り努力はするな

あくがれは嘯風弄月《せうふうろうげつ》さはいへど由無し事のつづくにちにち

触角をのばして何をなさむとす大かたつむり青梅雨の夜

みなそこ

手をとられしづしづあゆむ海の底　鯛や鮃の出迎へあらぬ

わたくしがわたしであつてわれでなくわたしが海と同化してゆく

数百の魚纏はりて華やげばわが息の緒もはつかはなやぐ

青人草の一人のわれをかなしみて泪をこぼす魚のあらずや

動かむとする岩すなはち魚なればうをの眼《まなこ》に凝視《みつ》められにき

時　間

鍋の底磨くゆふべや平穏に過ぎてゆくのが何か怖くて

赤のまま摘みつつ土手を歩みゆく　ああこんな日がいつかもあつた

をととひの水取らざりき升《ノボ》さんの糸瓜を照らす月の光が

しらつゆを帯びて立ちける金糸草《きんしさう》「ワタシハココニダウシテヰルノダ」

過ぎてゆくこのひとときはわれの時間《とき》さびしさ触れに来たりし海へ

砂をかに黄色の小花敷きつめし浜車またの名は猫の舌

渚べは人なく波は永劫に寄せてかへしてゐるのであらう

たれも知らぬひとりの時間「風庵《ふうあん》」の窓辺に秋の海を見てゐる

追ふ雲も声を掛けゆく雲もなく島山のうへはぐれ雲ゆく

Ⅱ

虹の懸け橋

白妙の雪を冠《かがふ》り立つ一樹わが〈生〉いつから晩年ならむ

成熟の果ては何あり　ぬばたまの洞《うろ》もつ楠の大樹に寄りゆく

あかつきに見し夢ならず夢のやう冬野のかなた虹の懸け橋

八雲の道――数詞のある歌

ひむがしの空ほのぼのと明けそめて千年紀なる一日はじまる

恙無く迎ふる西暦二〇〇〇年二の足踏まず歩みゆくべし

神宮館高島易断読み耽る三碧木星われの運勢

茶畑の四方《よも》にひろごる鄙の里　智恵子が見たいと言った空あり

太宰府の梅の便りはまだかしら　宗匠やんはり諭す五句去《ごくさり》

いにしへゆ六三除けの秘法あり秘法につかふ豆腐と御神酒《おみき》

七種《ななくさ》の宝の金・銀・瑠璃・瑪瑙《めなう》あらずともよし健やかなれば

かそかなるともしびあれば遥けかる八雲の道を歩みか行かむ

水茎のあとうるはしき絵手紙は一月九日侘助の花

とりあへず十年先を目標に　とりあへずとは宜しき言の葉

東京の雪

東京に一夜眠りて東京の牡丹雪見き菊坂ゆきて

東京より北へ行かむと言ひたりし声を博多に置きて来しなり

鐙坂《あぶみさか》のぼりて逢ひに行きたりしや　きさらぎ雪の降る日の夏子

文机に頬杖つきしことあらむ一葉思ふ　白梅の花

無援坂あゆむ明治のをみなごの蛇の目の傘に降る牡丹雪

暗闇坂通り過ぎゆく一葉のをみななりけるうなじの白さ

本郷の路地を歩めば掃き清められて門口に真白なる塩

裏　庭

何事も起こらず迎へし千年紀つまらなさうに山茶花咲けり

一つ捨てまた一つ捨て簡素なる暮らしになさねば　なせざれぬ儘

身を隠す場所あらずしてこのゆふべ髪洗ひつつ浴室で泣く

春一番まだまだ遠く吹く風はツタンカーメンの豆蔓揺らす

雨風に晒され朽ちた椅子ひとつこの寒さう
な裏庭が好き

夢日記

先がけて咲く梅の花うらぐはし春は天から
春は地《つち》から

克明にけふも記せる夢日記ただひとつなる
わが密《みそ》かごと

これの世に少女監禁わが子虐待ありとこそ
知る　神知るもなく

山茱萸《さんしゆゆ》の花の木下に消えさうなこゑに鳴く
のは猫なりしかど

木の芽おこしの雨の降る午後わたくしを抒
情するため郵便局へ

遠ざかる場所としてある故郷《ふるさと》は男が大黒柱
であつた

みづからの死を思ふなく川沿ひを人い行き
われも水辺に憩ふ

日と月と忽ちに過ぎまた一つ齢加へて春は
めぐり来

花の斑《ふ》の黒きまなざし遊蝶花《パンジー》はほほゑむや
うに陽に向き咲けり

先取りする未来のやうにつづりゆくわが夢
日記うつつより確か

上の千本、奥の千本まならに今宵の眠り
は花の吉野へ

春灯下

ひとまはりの齢《よはひ》の違ひ濃く淡くけふは濃き
なり　卓にうつぶす

手料理の手はつかひしや香草焼《かうさうやき》きのふにつ
づき卓に並べて

来る者は幸ひになると書きあればその領域
の深入りを止む

老いてなほその身焦がせることやある檜垣、
姨捨、関寺小町

白縫筑紫の雲雀の声の快活さ　むかしむかしのわれにもあつた

岬めぐり

蝦《え》夷萱草《ぞくわんざう》の黄の群落の続く道岬めぐりの旅のはじまり

につぽんの此処はてつぺん稚内いづこゆきても海よりの風

まなしたに真白き波の砕け散り風吹きわたるノシャップ岬

北緯四十五度三十一分十四秒宗谷岬にふたり来にけり

一九八三年二百余名の露と消え祈りの塔は天に向き伸ぶ

航空機爆撃事件*のかの年はわが身上に青天霹靂

*大韓航空機〇〇七便

刻まれし名前を指に触れゆけば母性一途な「海ざくろ」*浮かぶ

*岡井仁子作陶の壺の名前

ただよへる雲染めそして海面《うなも》染め大日輪が
隠れなむとす

歩みても歩みてもなほ黄の花の溢るる此処
はサロベツ原野

金田の岬、スコトン岬、ゴロタ岬、澄海岬《すかいみさき》
の岬めぐりよ

雄雄しくも夕陽沈める北の海ただいまわれ
の心全開

岩弁慶、深山苧環《みやまをだまき》花の名を声に出しつつ山
を下りぬ

うつすらと雪を冠れる利尻富士右に残して
船すすみゆく

秋光

鬼箭木《にしきぎ》の赤き実割れて艶もてりひややかな
れる秋の光に

武士《もののふ》のやうに先頭を歩みゐしをさなご不意
に泣きはじめたり

われに来て執着をする牛膝《ゐのこづち》秋草のなか歩み
てゆけば

秋光《しうくわう》のしいんと畳にさしてゐて、こんな日
に死にたいなんて……

をみなへしよりさみしかるをとこへし白き
ちひさな花をかかぐる

玄関を入れば百合の花匂ふ　元気だけでは
生きてゆけない

去年今年

赤葉牡丹、白葉牡丹の整然と花壇に並ぶ
去年《こぞ》より今年

つみとがの一つ二つはあるものを隠して若
水汲みにぞ行けり

ひとつ角曲がりてまたも迷ふわれ去年《こぞ》来し
店のけふは在らざる

新しき世紀世紀と持て囃すマスメディアこ
そあな恐ろしい

去年《こぞ》よりは今年が大事こしかたのわたくしごとを果敢《はか》なむなかれ

今がたいせつ

霜を置く蠟梅の花に朝光《あさかげ》のさしきたるかな　今がたいせつ

冠雪の耳納連山《みなふれんざん》はるか見え汝《いまし》の里に年を迎へる

いつしらに鳴きやみし犬みづからを宥《なだ》むるほかなし人も獣も

これの世に二千四百七十八日ともに棲みつつ仮初ならず

円卓に萬葉集をくちずさぶ坂上郎女のこころ可愛ゆし

またの名を螢川とふ星野川架かる石橋みどりの苔が

一ツ目橋、二ツ目橋は寄口橋、三ツ目橋までふたり歩みぬ

畸形国家なりしと書ける司馬遼太郎『この国のかたち』いつ迄つづく

冬の沼

薄緑の罫よりはみ出す心音が聴こゆるやうな凍つる夜となる

若き名のアンドレ・カンドレ悲しくてカンドレ・マンドレの歌の韻律

湧水のさやけき池に魚棲まずときおかず動く砂きらきらし

人生のからくりなんて考へるのはもうよさう　玉葱刻む

茅渟の海

迎春花《げいしゆんくわ》の咲くべくなりて中之島のホテルのロビーに待ち人の来る

言の葉のいつのまにやら大人さびさはれお
ほどかといふにもあらず

頤《おとがひ》の細くきびしい面輪なり　時の流れを正
目に見しむる

こしかたは語らぬがよし触るるなくなどか
せつなく甦りくる

曖昧に交はすことばが濡れてゆく「さうね、
あなたの母親だつた」

あと十年娶らぬを言ふ　十年は夢の懸け橋
かかることなし

「じや、また」とふりきるやうに月読《つくよみ》の光の
なかを帰りゆきけり

まならに今も残れる茅渟《ちぬ》の海ふたたび行
かめ、ふたたびはいつ

つれづれ

街路樹の公孫樹の若葉いつのまに〈いてふ〉
のかたちになりてととのふ

いま此処にかうしてわたしがゐることを夫《をつと》
は知らず働きてある

宥めても宥めてもなほわがうちに鎮まりき
らぬものが溢るる

春愁といふのはやめて　わたくしの心の奥
にもつと触れてよ

マウス押し画面に向かひ続くればいつしか
外《と》の面《も》しののめとなる

博多の祭りに来てみんしやい

博多弁忘れてしまひしをのこごが難波《なには》の言《こと》
に山笠を問ふ

ことしまた文月朔日飾り山時代絵巻のまこ
とキラキラ

博多チョンガー《ハカチヨン》族の男もすなるお汐井取り
筥崎浜の真砂《まさご》を掬ふ

水法被すなはち祭りのユニホーム舁き縄を
手に男ら走る

まさをなる空にししぶく勢ひ水オイッサ、
オイッサの声地響きす

をとこらの身体髪膚くれなゐに染まりて競ふ「追ひ山ならし」

大太鼓の音を合図に東雲《しののめ》の四時五十九分
走れ！　山笠！

山笠《やま》のぼせの男ら支へし〈ごりよんさん〉
博多の女の此《こ》は心意気

山笠から夏のはじまる博多です　一つしきたり胡瓜は食べず*

*胡瓜の切り口が櫛田神社の紋に似ているため

枯木灘

旅の予定に無理矢理入れし墓参なれ中上健次眠る南谷

皐月空耀く紀州『枯木灘』の人の墓前の供花赤くして

見ゆるとも見えずとも見え枯木灘の沖ノ黒島陸ノ黒島

貴人《あてびと》も詣でたりとふ那智大社大門坂の苔むす石段

生くる者も遂には死ぬる理《ことはり》を那智大滝の前にし思ふ

太古よりなほし轟く那智大滝しぶきさやけき補陀落浄土

あさもよし紀伊国《きのくに》ゆふべ宿りけりほのか匂へる朴《ほほ》の白花

ゆつくりと時を忘れて呑む地酒汝《な》が歓びがすこしくわかる

み熊野へ

たまきはる命は知らずみ熊野へ梛《なぎ》の木の葉をお守りとして

女坂下りきたれば男坂昼なほ暗き杉の林は

不寝《ねず》王子跡ふり向かず細き道踏みわけゆけば老鶯《らうあう》の声

吹く風と鳥の声のみ険しかる熊野古道をひたすら歩く

尾根道を辿れば十丈王子跡悪四郎こと十条四郎

風光る逢坂峠これやこの道をゆきたるいにしへ人も

踞まりて顔を覗きぬ牛と馬に跨る牛馬童子の像を

血か露かと尋ね申せし花山院ちなみの此処は近露の里

「蟻の熊《くま》野詣《のまうで》」尊《たふと》し唯に唯ただに歩めり中辺《なかへ》路《ぢ》古《こ》道《だう》

広々と熊野灘見え海の青けふの心はたぐひだになし

熊野路は精霊《すだま》ゐる道日の暮れを木の葉騒《さや》ぎて風吹き渡る

漲《みなぎ》らひつつ流れゆく熊野川水のほとりに樗《あふち》花咲く

つつがなくわが五十代暮れむとし生きてし在らば熊野へ三度《みたび》

歌論・エッセイ

竹山　広

竹山広という大正九年生まれの、長崎市に住む「心の花」所属のこの歌人をわたしはいままで意識的に避けて来たようだ。この歌人の名前もその第一歌集『とこしへの川』も脳裏のどこかにはあったが、原爆歌集、原爆歌人という風評が私の心に蓋をしてしまったように思う。まず、その蓋の部分について語っておかねば筆は前へ進まない。

昭和十八年に生まれ、大分県の片田舎で幼少期を送った私は、終戦時に二歳である。そんな幼児が戦争の恐怖感を体で覚えている訳がない。自国が戦場であったり被爆国であったということにすら疎かった。それらは後年ほとんど書物や人の口の上で識るしかなかった。従って私が抱く戦争感は極めて恣意的であるに過ぎなかったのである。それゆえにか、戦場詠や被爆体験歌集を読む時、今でもある種の疎外感、距離感がある。一口でいえばドキュメントな現実ではなく、構築された一つの物語を読まされているような極めて醒めた読みかたにしかならないのであった。不謹慎な言いかただが、同じ時代を共有できない、直面した者としない者との差異を感じてしまう。しかし一方で私は、ドキュメントな小説原民喜の『夏の花』や井伏鱒二の『黒い雨』を読みふけったりしていたのでもあった。

小説で感動できるものが、なぜ短歌でそれが私にできなかったのだろうか。いまここで論理的に明める用意はないが、直観的に言えることは、散文と韻文との一種の断絶のようなものを肌で感じとっていたのかも知れない。ともあれ、現代のように戦争を被爆を知らない若者、世代が増え続けると、一方で体験した者はやはり真の意味での悲惨さを訴え、うたってゆかねばならないのではないか。あの時代その時渦中に居た者が訴え、うたわねば、戦争の悲惨さはますます忘れられていくだろうということだけは間違いない。
そう言った意味では、竹山広が原爆投下より二十年を経て「きれぎれに甦る被爆時の記憶を歌に書き残す」姿勢は、自身の過去に対峙し、みずからをさらけ出し、さらに未来に向けて示すかすかな希望であると言ってよかろう。

傷軽きを頼られてこころ慄ふのみ松山燃ゆ山里燃ゆ浦上天主堂燃ゆ
まぶた閉ざしやりたる兄をかたはらに兄が残しし粥をすすりき
水のへに到り得し手をうち重ねいづれが先に死にし母と子
若き母なほ生きをりてその子ふたり一碗の粥奪ひあらそふ
くろぐろと水満ち水にうち合へる死者満ちてわがとこしへの川

『とこしへの川』から五首を挙げただけでも抑制のきいた表現のリアリズムは同時代の際物的原爆歌集を截然としている。

＊

さて、本稿では、『残響』の竹山広をとり挙げるのがわたしの目的なのである。
『歌壇』二月号の〈今月のスポット〉に竹山広がとり挙げられ、石田比呂志の「雑感・竹山広の歌」が載っている。

竹山広の歌に接するとき、私はきまって地底に引きずり込まれるような、故知れぬ心慄えを覚える。…略…その故知れぬものとはいったい何なのであろうか。それを私は一種の「終末感」と呼んでみたい。「いったい自分は何のために生まれ、なぜ生きているのか」、どうやら竹山は歌を作ることによって、そう自分自身に問いかけているのかも知れない。……

石田比呂志の文章の一部である。この説得力に引かされて、『残響』を求めた。

竹山広の『とこしへの川』『葉桜の丘』に続く第三歌集であり、作品四六七首を収めている。「七十歳の記念を残したいというささやかな願い」と「あとがき」に書く。その作品の多くに氏の本来的な人間性、洒脱さが表れているように思う。

抵抗歌人などといはれて恐れ入る身を温かき
酒はくだりつ
核実験に抗議して座り込む顔がテレビに出て
もわれは眠たし
風寒きけふの座り込みは失礼を恕しくだされ
よからだがだいじ
黙禱の我らを撮りしカメラマンらすぐ去りゆ
きて躰《からだ》くつろぐ

これらの歌に接すると『とこしへの川』が原爆歌集と喧伝され、抵抗歌人というレッテルを貼られてしまったことは、本人の預かり知らぬこととはいえ、幸、不幸いずれであったかを思わない訳にはいかぬ。竹山広はただ詠みたいものを詠み、生きたいことを生きているだけであり、戦争や被爆を真正面からうたう、うたわないに関わらず、一人の人間としての日常感覚で、核廃止を非戦を訴える、つまり政治やイデオロギーと無縁の場から発せられる謙虚で控え目なヒューマンドキュメントの声であった。そのことこそが『残響』には色濃く出ているのではあるまいか。体をまげてまでも座り込みはしないし、マス・メディアが絵になるから撮るといったことに対して敏感な拒否反応を示しているのもその良心の証しと言えよう。カメラマンが去ると自然体に戻るというのにも一個の人間としての心の柔軟さがうかがわれる。

＊

ところで、このところ文体が気になって仕方ない。文体もまた一つの思想であるなら、その文体に品性の現れるのは当然だ。がらの悪い文体でも構わないけれど、品の悪いのは困る。

一見がらが悪くて品のイイ歌、そんな歌人を二、三挙げたいところだが、その中の一人でもある竹山広のその手の歌を挙げてみよう。

一張羅着込みて暑く出でくればゲートボールの球こつと鳴る
小賢しく揺れのぼるミニスカートの尻につづきて炎天に出づ
言分のあらば言えよと詰め寄りし罰にて妻の奥歯ぐらぐら
講座生の胸に名札をつけさせて見目よきものは早くもおぼゆ

「一張羅」などという詩としては馴染み難い俗語や「こつと鳴る」というこれまた俗なオノマトペを高雅に生かした。

次の歌もあえて「ミニスカートの尻」と俗に砕けて表現する所に知性派のイヤミを削ぎ落とした氏の骨頂がある。もしかするとそれは竹山広のデリカシーと、羞恥心の裏返しかも知れない。

三首目、奥歯のぐらぐらになった夫人には同情するにやぶさかでないが、人間と人間の関係を濃密にしようとするとこういうことも起こり得る。傷つけぬ傷つかぬ関係は一見やさしさに充ちているが、何かが希薄なような気がする。

最後の歌「見目よきものは早くも覚ゆ」などと正面切って言うところが氏のユーモアであり、フモールである。そこいらの若者がうたえばサマにならないモチーフでもある。生ま身な男の眼を濾過してさらに生ま身の自身を素朴で健全な？　軽く乾いた眼でうたっている。

『残響』を読んでいるとなぜか芭蕉の「軽み」といったことに思いがゆく。山本健吉はその書『奥の細道』の中で「『軽み』とは、決局軽く生きることだった。生きる上で最大限に心の自由を保持することだつた」と書いている。

被爆体験、不治の病といわれた結核と二度生死の境に立った人間が死をまぬがれ、生きながらえてきたことを思うと、氏の歌がいつのころからか「軽み」の方へ辿り着いたことも頷けるような気がする。

死の淵を覗き、それでもなお生きながらえて来た氏にとって、この世は何であろうか。「かつて、不治といわれた病いの床で、四十歳まで生きたいと願ったことを思えば、わが身の七十歳は天の恩寵というほかはない」と「あとがき」に書いている。

つまり氏の「軽み」は、背後の重い人生の悲苦あってこその華だったのである。

流す涙もつきて枯れ果てたその果てに「軽み」に到達した芭蕉のように、生も死も老いもまるごと抱え込み、抱えこんだ上での精神の放擲である。それはなにものにも囚われない自由な生きかたといってもいい。「軽み」とは、生きかたの姿勢が反映するものではないだろうか。氏が望もうとして成ったものというより、来歴と深く関わることでもある。

自身の生を「天の恩寵」と認識する氏にとってそれはまた当然のことともいえよう。

最後に氏の近作を挙げよう。

原爆の日の慰霊にも出でゆかずまぶたに指を
当つるなどして

畏くもといふ前置きに直立をなししこころの
語りがたしも

木の固き椅子に告解を待ちてゐる隣りの腹の
鳴るさびしさや

わが閉ぢし店が丸四年空店《あきみせ》のままおかるるは
何ゆゑならん

切り取りし壁を夜空に吊り上げしかの民衆に
過ぎし一年

『歌壇』二月号に「過ぎし一年」というタイトルで掲載された中の五首である。

ベルリンの壁が壊されて一年の経過であり、氏の上に流れた日月の一年でもある。一家の生計を支えていた印刷所も閉じて四年、ますます氏は残された人生を誠実に、生きたいことに生きてゆくことであろう。そうしてみずからの生の残響を求めてうたいつづけてゆくに違いない。

孟宗の林にひと日鳴りし風夜に入りてながき
残響を帯ぶ

（「飈」、一九九一年六月号）

江口章子

昭和二十一年十二月、精神錯乱の果て、五十八歳で座敷牢で悲運の末路を閉じた九州の歌人、わたしの故郷大分県西国東郡出身の江口章子の生涯を追ってみたい。

江口章子は明治二十一年、大分県西国東郡《にしくにざきぐん》香々地《かかじ》町《まち》に生まれた。生家は酒造業で屋号を「米屋」といい、代々名家であり資産家でもあった。

父理平治、三十八歳。母サエダ三十一歳の時に生まれ、長女カツミ、長男理勢磨、二女サツキがいた。香々地尋常小学校から香々地高等小学校にすすみ、明治三十七年、大分県立第一高等女学校に入学した。十一歳の時父を亡くした章子だったが十七歳の年の暮れ母も亡くなり、明治三十九年、十九歳の女学校の三年生の時に見合い結婚をする。しかし、この結婚は遊蕩の限りを尽くす夫に堪えきれず、尼になりたいとまで洩らすようになり、夫と芸者の間に子供まであることを知り、いったん香々地の生家に戻るが尼になることもできず、夫の元に帰っている。

明治四十五年、福岡県柳川の検事局検事となった夫に従い北原白秋の郷里である柳川に移って行った。

江口章子と北原白秋の接点は、夫の任地が柳川だったということで、もたらされたと言っても過言ではあるまい。神の悪戯というべきか、それとも運命といえようか。

北原白秋は、戸籍では明治十八年二月二十五日、現在の福岡県柳川市沖ノ端町に生まれている。父長太郎、母シケは長太郎の三度目の後妻であり、家業は清酒製造業・魚類問屋業・精米業をかねていた。

白秋は、新体詩・自由詩・抒情小曲・詩的散文・短歌・長歌・俳句・童謡・民謡・歌謡曲・小唄とあらゆるジャンルにまたがり、まさに天才を発揮しえた希有の人物であった。

天性の言葉術、絢爛としたレトリックは、〈言葉の魔術師〉ともよばれた。

「桐の花事件」と呼ばれた、姦通罪で白秋が起訴されたのは、明治四十五年であった。隣家の人妻、松下俊子との恋が夫長平に知れ市ヶ谷の監獄に送り込まれる結果になり、のち示談が成立、俊子は離婚し白秋と結婚するがこの結婚は長く続かなかった。

この頃、江口章子は憎悪と軽蔑の念しか湧かない夫との生活の中で唯一の救いである詩や短歌をつくり、月刊文芸誌『青踏』を愛読していた。『青踏』は、平塚らいてうが主唱した女流文学集団であり、福岡県糸島郡今宿から出奔した伊藤野枝も、らいてうに援助を受けている。江口章子もまたらいてうを介して白秋と出会い、大正四年、章子二十八歳の時、漸く検事である夫との離婚が成る。

白秋も章子も離婚の経験者であり、傷ついたころを包みあうように、お互いがお互いを必要とし結ばれたのであった。

　大正五年五月中旬、三十二歳の白秋と章子は千葉県葛飾郡真間の亀井院で新婚生活に入る。この年の十一月と十二月に詩歌雑誌『烟草の花』が発刊され、この二冊に章子は、歌や日記を発表している。

　貧しい食べるにもこと欠く生活であったが葛飾から東京府の小岩に移った、所謂「紫烟草舎」の時期が生活のどん底に比して、寄り添うように生きたふたりの蜜月だった。


　予定された未来、目標どうりの人生を送れるひと、そんな人がいないでもないが、江口章子を思う時、章子ほど無知で無防備で、純粋な、いとしい女をわたしは知らない。また現代は捜そうとしたっていないな、と思う。

　ただ一度の躓きで、白秋との結婚生活を棒に振ってしまう、その未熟さ、そして、白秋もまた、愛が深かったがゆえの怒りの大きさであった。妻が他の男と園遊会の席から逃げ出したという〈事実〉が、すべてであり、それは否定しようとしても否定できぬ、動かし難い〈事実〉であった。

　予定された行動とはいえぬ不可解な事件、それによって章子の人生は坂道を転がり落ちる小石のようにとめどなく、不幸の道へとつき進んで行った。

　こころに重石のように残ったできごとを、忘れるためには、それ以上の幸福を克ち取ること。それさえ成らず、晩年は狂えるひとになってしまった章子。章子にとって白秋は生涯かけての〈おもいびと〉で在った。

五月二日四《よ》とせめぐりて別れたり余りに君をかなしみしゆゑ
はばかりて写真は秘してみたれどもきみがみ姿出してまつるに
一時の君が友とて生れ来て女のいのちのまことささげつ

昭和二十年六月、章子は故郷の香々地に病み果てた姿で帰って来た。そして一年三か月座敷牢の中で凄絶な最期を遂げた。

こどものころ、わたしが泳いだ長崎鼻の海、松林を抜けると灯台がある。江口章子の歌碑は海に向いていま、ひっそりと立っている。

ふるさとの香々地にかへり泣かむものか生れし砂に顔はあてつつ

（「飈」、一九八九年八月号）

映画「カミーユ・クローデル」の問い

生きるとは、そして、愛するとは、どういうことなのだろうか。

女性として生まれて、今日までこうして生きてきたものの、一人暮らしのわたしを時として襲う孤独感。何をやっても充たされないある虚しさ。その源は何によって起因するものなのか？

夫婦のかたちも、男女のあり方も着実に変化してきている現代。恋愛はしても結婚はしない自立した女のシングルス、あるいは別居結婚、別姓夫婦、そしてＤＩＮＫＳ（ダブル・インカム・ノーキッス）と、呼ばれる夫婦共働きで子どもはつくらない主義の人たち。そんな一群の人たちにも必ず〈愛〉が、根っこにあり〈愛〉によって支えられている部分がある。

＊

映画「カミーユ・クローデル」は、〈愛〉と、〈自分を生きる〉ことを、わたしたちに語りかけ、問いかけているような気がした。

一八八五年、パリ。彫刻家を志す二十歳のカミーユ・クローデルは「金のかかる娘」だと母親に非難されながらも、その早熟な才能を認める父と、恋人のように彼女を慕う弟をあとにして、オーギュスト・ロダンのアトリエにむかう。

カミーユの若い感性は、ロダンに時に反発しつつ、偉大な彫刻家ロダンへの尊敬は、しだいに愛に傾いていく。ロダンもまたカミーユの非凡な霊的ともいえる才能、知的な美貌に魅せられていく。

芸術家としてより、一人の男性として愛するようになってしまったカミーユは、ロダンに内縁の妻がいたため、愛人よばわりされ、そのための中傷も多かった。しかし、カミーユにとってそのことよりも心を痛めたのは、二人の女性を同時に愛せてしまうロダンだった。ついに「妻をとるか、わたしを選ぶか」と、迫る。共有されることを何よりも拒むカミーユにとって、二者択一ができないロダンへの失望は大きかった。

そして、何より、自分の作品がロダンの模倣としてしか扱われないことに対する屈辱感。ロダンがわたしの才能をついばむのではないかという懐疑は、芸術家同士の相剋となり、愛がいつのまにか嫉妬のかたちに変わっていくのである。

カミーユの妊娠にさえ気づくことのなかったロダン。ロダンに告げず堕胎してしまうのだが、「子どもが生まれたのなら、妻と別れていたのに」と言うロダンの言葉もカミーユの慰めにはならなかった。

ロダンから自立しなければ、わたしはわたしとして生きられないと考えたカミーユは、ロダンのもとを去り、自分のアトリエをもつ。創作に没頭するが、ロダンの弟子であり、モデルであり、恋人でもあった、かの濃密な日々はカミーユの心を占めたまま、消そうとしても消えない。ある夜は、ロダンの邸宅の前まで行き「ロダーン！ロダーン！」と、叫び、窓に石を投げ、夫人のひんしゅくを買い、ロダンを悩ます。

充たされぬ愛の孤独と貧窮のなかで、しだいにカミーユの精神のバランスは崩れていった。

＊

芸術、彫刻家としての類いまれなる才能をもちあわせていたカミーユ。そのカミーユにしてさえ、超えることのできなかったコトは、何なのだろうか。

精神のバランスを崩してゆくほどのコト。それは、「一人でいることは孤独というコトバほど素敵ではない」思いであったかも知れないし、あるいは、遂げられなかった愛によせる、ロダンへの断ちがたい想いであったのだろうか。いまフランスでかがやいている女優イザベル・アジャーニの熱演もあって、「カミーユ・クローデル」の愛と孤独が、見る者に迫ってくる。

人間は一人で生きて、一人で死んでいく存在である。この自明の理。

だからというべきか、だからこそ、こうしていのちある生きているあいだ、人と人が助け合ったり、励まし合ったり、愛し合ったり、他者との関わりを大切にしたいと思う。生きものの感覚として繋がれていたいと思うのである。それが絶たれた時、それでも人は生きられるのだろうか。愛なくして人は生きていくことができるのだろうか。

シングルスが現象としてもフツーになりつつある現代。より自分らしく自分を生きようとする女性が増えつつあることをよろこびつつ、一方でひそかに危惧するのである。

他者に依存しない女性といえば、カッコいいが、カッコよさの裏には、シングルスたちの寒々とした、夜が、明け暮れが横たわっていることも……あることを、この映画は教えてくれているような気がする。

芸術創造の歓びと苦しみ。芸術と愛のはざまで精神のバランスを崩していったカミーユの狂気は、十九世紀末という当時の時代背景を別にしても、今現代を生きているわたしたち女性の誰もが陥りやすい、そして、だからこそ、超えなければならない命題のように思えてならないのである。

（「朝日新聞」、一九九〇年四月七日）

鷹女から蕪村へ

俳句を読むのは、好きなほうである。短歌をはじめたころ俳句もつくっていて、地方新聞に投稿していた。このたびそのスクラップブックを捜してみたが、出てこない。なぜ俳句をやめたかと言うと、誰に訊ねても短歌と俳句は両立できないよ、と言う。人によっては節操がないと、忠告してくれる。節操よりも、両立する能力がなかったのだろう。当時好きだった俳人は、三橋鷹女だった。胸中に火の玉を抱いていたようなその一時期、鷹女の句にかなりのめりこんだ。

夏痩せて嫌ひなものは嫌ひなり
鞦韆は漕ぐべし愛は奪ふべし
詩に痩せて二月渚をゆくはわたし

煖炉灼く夫よタンゴを踊らうか
みんな夢雪割草が咲いたのね

鷹女の孤独はわたしの孤独でもあった。鷹女の激しさのなかに、わたしの激しさを見る思いがした。「嫌ひなものは嫌ひ」なのだ。句から推察する鷹女の気性は、激しい。主情的であり、時に述志が込もる。二句目の「愛は奪ふべし」のフレーズは、あまりにも高名である。男女の愛だけでなく欲しいものは手に入れたいとねがう女の情念がほとばしる。しかし、四句目・五句目のような句も詠む。口あたりのいいのは口語の特性でもあろう。やわらかいことば遣いのなかにかなしみがある。

三橋鷹女は、一八九九年十二月二十四日千葉で生まれている。十七歳の時に上京し次兄の許の寄寓。兄の師事していた与謝野晶子・若山牧水に私淑し、作歌に励む。二十三歳の時に結婚。夫が俳句をたしなんでいたこともあって、二十七歳頃より俳句に熱中。短歌を廃して句作に専心する。俳号を東文恵とし、長兄や次兄・夫と共に小冊子を随時刊行。その後、夫が同人として在籍する「鶏頭陣」に、東鷹女と改名して出句。三十五歳の時であった。同人誌「俳句評論」の創刊は、五十九歳の時で鷹女は同人となる。一九七二年三月、七十二歳で亡くなった。生前刊行された句集は、『向日葵』『魚の鰭』『白骨』『羊歯地獄』そして『樵』の五冊。死後の一九七六年三月、立風書房より『三橋鷹女全句集』が刊行されている。

鳥の名のわが名がわびし冬佗し
この樹登らば鬼女となるべし夕紅葉
百日紅何年後は老婆たち
老いながら椿となって踊りけり
白露や死んでゆく日も帯締めて

俳号の「文恵」から「鷹女」に鳥の名前を命名したのは、ほかならぬ鷹女ではなかったか。その自らの名前をわびしいと吐露する。晩年は、老いや死に関わる句が多いが、凄絶である。

六十代の今のわたしは、鷹女のエネルギッシュな句を読むと、疲れる。老いながら椿となって踊る活力もなく、死んでゆく日は、普段着でいたいものだなどと思う。

そうした、心変わりの一つには、鷹女より蕪村の句の表現世界に、深く、しずかにあこがれている。

（「未来」、二〇〇八年二月号）

文明の歌・隆の歌

意地悪《いぢわる》と卑下《ひげ》をこの母に遺伝《ゐでん》して一族《いちぞく》ひそかに拾ひあへるかも　土屋文明

死んだ母の骨を火葬場で一族が集まってひそかに拾う。骨を拾いながら生前の母を思い、そしてその母につながる子である自らに思いはゆく。「意地悪と卑下」は、この亡き母より遺伝したものであるという認識。通常のわたしたちが抱く挽歌のイメージからほど遠く、情愛というよりむしろ深いところでの葛藤に触れている。現実を隠蔽することも、修飾することもしない、いわば直写の姿勢が窺える作品である。

挙げた歌は土屋文明の第五歌集『少安集』所収の一首である。文明は昭和十四年十一月七日に母ヒデを亡くしている。当時文明四十九歳。その時の挽歌「擬輓一連」には、ほかにもこんな歌がある。

この母を母として来《きた》るところを疑ひき自然主義渡来《とらい》の日の少年にして

年若き父を三人目《さんにんめ》の夫として来りしことを吾は知るのみ

母の死をかなしむ歌でありながら、これらの歌には単なる母恋いの挽歌にとどまらぬ、自らの人生凝視と生存の根幹にふれる〈生〉の意味を問う姿勢が窺える。

それでは、昭和五十年七月七日に同じく母を亡くした当時四十七歳の岡井隆はどのような挽歌をうたっただろうか。

若き日の肉声のよみがへれども文月七日の切なかりける
岡井　隆

あはやその時すはこの時とふためきし曇天の死も年をへだてつ

母逝き四十九の昼すぎぬ呪《じゅ》といひて幹をはなるるつくつく法師

「母がわたしにとって世のつねの母親であったのは昭和廿五年ごろまでであったろう。その年は母は病み、以後、母親はわたしにとって生活の制約であり被保護者となってしまった」と書く『歳月の贈物』の詞書。それを裏付けるかのような、庇護する対象としての母がうたわれている。それは弱者に対する労りと愛憐が加わり、文明のうたう同格の〈母対我〉でなく、規範を解かれたあとのような安息とさびしさがともなう。岡井隆は「一歌人の回想《メモワール》」（「短歌往来」での連載）のなかで「アララギで学び」「アララギ育ちの体質」と、はばからず述べているが、亡き母をうたっても文明とはかように隔っている

これは文学資質の違いや時代背景との繋がりというよりも、むしろ《母と子の関係》の違いであり、出自や境涯に関わるものではないだろうか。

（「短歌」、一九九六年二月号）

にがいあそび

四十代の十年間、わたしはじたばたともがいていた。自分で自分に折合いをつけることができず、何かに翻弄されていた。そんな時に巡り遇ったのが、吉原幸子の詩だった。

風　吹いてゐる
木　立ってゐる
ああ　こんなよる　立ってゐるのね　木

『幼年連禱』のなかの「無題《ナンセンス》」という詩の冒頭の一節に不覚にも涙がこぼれた。彼女の詩は、一口に言えば満たされることのない、かたちとして見えることのない《愛》が一途にうたわれている。求める強さのゆえに、満たされることのない愛。恋愛で受ける心の傷の深さ。彼女はその痛みに向き合い、その傷口をしっかり見詰めている。

当時、わたしは自活するべく働きに出ていたが、帰宅して一人の夜のさびしさは堪え難かった。浴室で髪を洗いながら、顔を洗いながら、声を出して泣いた。

「無題《ナンセンス》」の次の一節も、ものがなしい。

よふけの　ひとりの　浴室の
せっけんの泡　かにみたいに吐きだす
にがいあそび　ぬるいお湯

吉原幸子は、二〇〇二年十一月、この世を旅立った。彼女の死を知ってもわたしはそう驚かなかった。驚かなくなった自分が悲しかった。そうして、吉原幸子の詩から遠く隔たってしまった今の生活を思った。それを、わたし自身の加齢のせいにはしたくない。今わたしは幸福なのだろうか、それとも……

幸せは罪ではない
もう長いこと
夜の海をみても　心が騒がないのは
不幸でなくなった証拠だろうか

（『昼顔』「通過Ⅳ」）

（「未来」、二〇〇五年一月号）

歌碑を訪ねて

植ゑおきて旅には行かん桜花　帰らん時に咲きてあるやと
大隈言道

福岡に生まれた幕末の歌人、大隈言道の生誕二百年記念シンポジウムが昨年十一月開催された。基調講演はドナルド・キーン氏、そしてパネリストとして佐佐木幸綱氏が来福、会場は六百人の言道に関心のある方々の参加で埋まった。当日はアクロス福岡円形ホールで言道の肖像画、年譜、今昔マップなどの展示もあり、併せて、福岡市博物館に於て「大隈言道とその周辺」の関連イベントが二か月近く催された。シンポジウムに先だって短歌コンクールもあり、四九三人の応募を得た。

大隈言道は寛政十（一七九八）年、福岡の薬院に生まれた。三十九歳のとき、家督を弟に譲って隠居し、本格的に歌の世界に進む。言道の弟子は百人以上いるが、なかでも有名なのが野村望東尼である。

言道は弘化元（一八四四）年、四十七歳のとき歌論集『ひとりごち』のなかで、現代の歌をうたうこと、町人は町人の歌を、百姓は百姓の歌をうたうことを説いている。「博多福岡に住みながら、その地を詠める歌、当世すくなきは何ぞ」とも嘆いている。勅撰和歌集のような大宮人の歌を真似することを戒めたのである。

文久三（一八六三）年、言道六十六歳のとき、九七一首を収めた念願の歌集『草径集』が木版刷りで発行された。この歌集が三十五年後の明治三十一年、佐佐木信綱の目に留まり信綱によって広く世に知れ渡ることになる。言道は生前よりも、没後その才能と名前を認知された幕末の歌人といえよう。

昭和初期、佐佐木信綱の書で「大隈言道大人旧宅の碑」ほか二つの文学碑が建設されているが、肝心の言道の歌碑はなく、言道研究の「ささのや会」（会長穴山健・世話人桑原康靖）ら有志が福岡市に請願して、平成四年、福岡市中央区今泉の今泉公園に歌碑が建立された。ちなみに「ささのや」とは、言道が隠居した庵の名前であり、言道歌碑が建っている東側が屋敷跡にあたる。この地を「ささのやの園」と称し、その名を石に刻んで据えている。

（「短歌往来」、一九九九年十二月号）

炭坑《ヤマ》の語り部

名もなき一人の元坑夫が自らの体験をもとに描いた炭坑記録画『王国と闇　山本作兵衛炭坑画集』（葦書房）が出版されたのは、一九八一年であった。

今年、二〇〇八年の秋、田川市石炭・歴史博物館と田川市美術館で冒頭のタイトルの企画が催されていることを知った。途端に作兵衛の炭坑画が観たくなった。家人の書棚を探す。確かにあった筈の画集、大きくて重く、相当のお値段だった画集。それがない。

「どこに仕舞ってあるの？」
「古本屋に売った」
「いくらで？」
「五〇〇〇円」

ああ、なんてことをするのだ。リュウメイの本は一冊とて売らないし、売ることなんて考えもしない人が。わたしにとって大事な画集だったのに。

そんなやりとりがあって、機嫌直しにやおら「山本作兵衛の世界」を観に行くことにした。博多から福北ゆたか線に乗車、新飯塚で平成筑豊鉄道の後藤寺線に乗り換え、田川後藤寺で下車。後藤寺バスターミナルで伊田行きのバスに乗り、市役所前で下車。めざす美術館は、坂道を登ったり、下ったりの行程。足のはやい連れ合いと一緒に歩くのは疲れる。

山本作兵衛の記録画は通常の絵と違い絵と文の合体という手法がとられている。最初は墨絵に描かれていたのだが、その後、資料価値を高めるために彩色を施し保存度の高い岩絵具が使用されている。

明治・大正から昭和初期にかけての炭坑の姿を緻密に克明に描いている。「むかしヤマの女」という絵には「〽七つ八つからカンテラ提げて坑内さがるも親のばちーゴットン」という歌謡の一節が添えられている。なかでもガス爆発の絵は、爆風で吹き飛ばされる坑夫を描き「キリハガスでもハレツと共に爆風は坑内全域を揺がしカンテラの火を消した」と書かれていた。男坑夫は褌一枚が殆どで、女坑夫は乳房も露わな上半身裸である。五八四点の絵には、作兵衛独特の細かい文字で丹念に説明が付されている。まさに炭坑の記録を残すという大義のために精細に描かれたもので、明治時代の子どもたちの遊びを描いた「パッチ　ブチコ」や「ツナとび」には心が和んだ。

作兵衛は七歳頃より炭坑の仕事を手伝い、十六歳で採炭夫として働いている。以後、炭坑を転々とし、六十三歳で位登炭坑閉山に伴い解雇される。爾来、記録画を描きはじめる。マスコミがとりあげたこともあって一躍有名となり、作兵衛の記録画を愛する人が増えてゆく。一九八四年、九十二歳で亡くなるが、その時の言葉は「さよならは言わんけん、作兵衛バンザイと言うてくれ」だったとか。

石炭産業で賑わった町も昔の面影は今はない。土曜日というのに、後藤寺駅前の銀天街はシャッターのおりた店が多く、ファミレスやコンビニも見当らなかった。

駅で帰りの電車を待つ間に虹が出た。右半円の虹は忽ち消えた。そして、ホームで電車を待っていると、今度は左半円の虹が出た。はかない虹だった。

（「未来」、二〇〇九年二月号）

時代の危機をうたう

ゆきてかへらぬ時を見よとやはかなかる砂粒《さりふ》
とぢこめ砂時計あり　蒔田さくら子

守るものと壊すものある日常は若き日のこと
守り得ず壊る

ひしひしと身の置きどころをせばめくるもの
あるごとし緘黙の闇

見てみえず探りてつかめず触れくるを拒み得
ぬもの風過ぎにけり

「砂時計」二十首より。過去と現在は、地続きであるといったことを思わせる一連。現在のいま在る自分を見つめると、おのずと視線は過去へ遡る。こころを過る感覚を丁寧に掬いあげている三首目。過ぎゆく風は風でありながら象徴的な四首目。微かなものに反応する情動が得難い。

今朝いくつ蟬のむくろを寄せたるや寿命に死ぬるものは安けし　　　大下一真
戦争はあやまちなりしと繰り返し言わねばならじ夾竹桃咲く

「何かが呼ぶ」二十首より。一首目は、高齢化社会・長寿であることが当たり前になってきたが、それが即ち幸せなのか「蟬のむくろ」という具体を通して、寿命によって迎える〈死〉を「安けし」と捉えている。二首目は敗戦の日にも夾竹桃は咲いていいたのだろう。「繰り返し言わねばならぬ」という率直な言葉が力強い。

一万二千円とふ『鷗外全集』の日記と書簡の巻のみ欲しい　　　今野寿美
縮刷版朝日に探す広告のなかの晶子のカルピスの二首

ヒトラーがもっと野菜を食べてたら　ドイツみやげのハーブティーの黄

「巻き戻す」二十首より。一首目、全集本の高価さ、仮に購ったとしても始末に困る。「日記と書簡の巻のみ欲しい」の素直な吐露。二首目は図書館での検索だろう。縮刷版を捲りながら二首を探している研究熱心な姿が想像できる。三首目の上の句の意表をつく発想。「もっと野菜を食べてたら」ジェノサイドは起こらなかっただろうか。この発想は肉食系・草食系といったことを思わせる。ヒトラーの攻撃性は肉を好んで食べた故か。

ポチひとつ蒼い画像にくれてやる雨の国会議事堂の蟻　　　加藤治郎
貝殻にみちているのは貝の肉　兵役義務兵役免除兵役拒否
めやべあろめまぐるしくて嘔吐する　俺はしずかにNOを言いたい

鈍いろの空にけむりのはいあん、あわいけむりのはいあん、はやも

「存立危機事態」二十首より。一連の変化球技法に先ず威圧された。一首目の上の句、パソコンを使わない人には理解できないかも知れない。「ポチ」はソーシャルボタンを押す、則ちクリックすることで「ポチる」とも呼ばれたりする。三句目の「くれてやる」は、上から下への目線のようだ。二首目の上・下句の付け合わせは効果的。三首目も拈っている。「あべやめろ」としないところがこの作者の独壇場。四首目も「はいあん」と平仮名で暈している。レトリックを駆使した一連だが、若者たちにとってはこういった修辞は常道なのかも知れない。作者はきわめて醒めており、表現がシニカルだ。

この子には今日の記憶は残らない　私が母を知らないやうに　　永田和宏

正念場とふ場があるならば今こそと反安倍の歌けふも採りたり

天国の青《ヘヴンリーブルー》はきつと今ごろまだ咲いてあなたがゐれば泣いただらうか

扇動《アジテーション》に少しもなつてゐないなと水色あまたの風船の前

「某月某日　日付のある歌」六十六首より。繁忙を極める日々の、その日その日が詞書と共に伝わってくる。科学者であり・歌人であり・父親であり・祖父でもある作者、そして何より亡き河野裕子の夫という肩書は終生ついて廻ることだろう。一首目、「この子」は孫に当たる。初めて川に入れ歩かせたのだが「今日の記憶は残らない」と断定している。それは作者自身が幼い時の母の記憶がないことからの思いでもあろう。過ぎし日を愛惜するようなかなしみがただよう。二首目は朝日歌壇の選歌のようだ。八月三十一日付けの歌壇では、「私が総理だからと云ふ総理だから危険と感じる我ら・角田勇」を採り上げていたことが印象深い。三首目は「青あさがほ毎日

百は咲きくるる…」と河野裕子が『日付のある歌』の中でうたっていた西洋朝顔だろうか。四首目は、新宿三丁目伊勢丹前で街宣活動のスピーチをしたことが「大衆をアジるための言葉を持っていないことに愕然とする。」と詞書に書かれていた。アジることが出来なかったとしても、その〈誠実〉はきっと大衆には伝わったことだろう。実直に一日一日を生活し、その生活を通してうたわれた歌には生身の人間の哀歓が滲む。

（「歌壇」、二〇一五年一二月号）

解説

イノセント・ナルシシズム
——歌集『ひかり凪』評

大辻隆弘

この歌集のⅡの部分に次のような一首がある。

手を離れし子どもは捨てる子どもよりわが身
が大事わたしが大事

おそらくこの歌の下の句は、太宰治の小説のなかにある「子どもより親が大事」という一節を踏まえているのだろう。が、ここで、恒成さんは太宰の言葉より直接的なかたちで「わたしが大事」と言い切っている。なんとあけっぴろげな自己肯定の歌なのだろうと思う。

そもそも短歌というものは、自分自身を最終的には肯定してしまうような力を持っているような気がする。「あわれ」「かなし」といった常套句を結句に配置するやいなや短歌のなかから自分をいとおしく思う感情や、自分に対する憐憫の感情が浮き上がる。そして、それによって作者自身は最終的には救われてしまう。短歌という詩型が本質的にもつ慰藉機能。恒成さんはそれを意識し、さらにそのなかで自分を肯定しようとする。

一般的にいうと、このような強い自己肯定は、短歌のなかでは敬遠されがちである。なぜなら、それは一歩まちがうと、鼻持ちならないナルシシズムに陥ってしまう危険性を孕んでいるからだ。恒成さんはそのことを十二分に知り尽くした上で「自分が大事」と宣言するのだ。そこに僕は、なりふり構わず「歌わずにいられないものを歌ってきた」（あとがき）恒成さんの短歌作家としての強い意志を感じてしまうのである。

身の芯のまことゆはゆはをみななれ泣きたく
てゆく護謨の木の陰
不揃ひの雛を愛する雛の宵死ぬまでをみなで

ありたかりけり

米研ぎて灰皿洗ひ灯を消してまさにかなしくひとの妻なり

クレソンの香りせつなくほろにがく弥生三月つくづくと妻

をちこちにヴィオラ花咲きわたくしはこの小安がもっとも似合ふ

「をみな」であること。「ひとの妻」であること。これらの歌において恒成さんは、今自分が置かれている「小安」を必死で肯定しようとする。これらの歌から浮かび上がってくるのは、「懸命に生きた、でも、いささか滑稽な」（あとがき）作者の姿であり、そういう自分を精一杯愛そうとする思いだ。

　もちろん、恒成さんはその「小安」に溺れきっているわけではない。集中には次のような歌もある。

うかうかとこの幸せに麻痺しゆくわれかも七草粥啜る朝

ふたたびの妻なる不思議さ今朝もまた汝が喉仏あふぎておくる

　このような歌には、あらたな結婚生活のなかで感じるかすかな不安・疑問が顔を覗かせている。したがってこれらの歌には先の歌にはなかったような陰影がある。が、このような疑問・不安もまた「七草粥啜る朝」「今朝もまた汝が喉仏あふぎておくる」という下の句の表現のなかで、うすめられ癒されていってしまうのだ。これらの歌の背後にあるものも、基本的には先の歌々と同じような自己に対する肯定的な視線（自己愛）である。

　しかしながら不思議なのは、恒成さんのこのような自己肯定の歌には厭味がない、ということだ。現状を肯定し、自分への愛を赤裸々に歌う恒成さんの歌は、普通なら陥ってしまう鼻持ちならないナルシシズムの歌とは微妙に異なっている。それはいったい何に起因するのだろうか。

大夕立須臾《しゆゆ》にして過ぐあら草の尖る葉先のきらきらの露
くれなゐの黐の実ついばむ四十雀胸の模様の風に吹かるる
われ立てばめぐりの空気したがひて動けるごとき夜半《よは》の感覚

あら草の先にこまかに震えるようにして揺れている露。その露を「きらきら」という素直なオノマトペで表現している一首めの歌。四十雀の「胸の模様」が風にこまやかに揺れている様子をとらえた二首めの歌。自分の歩みにつれてめぐりの空気が揺れると感じる三首めの歌……。これらの歌において恒成さんは、まるで幼い子どものように、みめぐりのものに対して新鮮な驚きを感じている。純粋で曇りのないレンズによってとらえられた自然の微細な表情がこれらの歌には現れている。このような無垢な視線は、初期から一貫する恒成さんの歌の特長だといってよい。

同様に次のような歌にも無垢な感性が躍動している。

思ひ出し笑ひしてをり結球の固きキャベツを剝がしゆくとき
池の辺は芒ばかりであふとつあるわが身のどこか潤みゆくなり
みづからの呼吸する音きくやうなさみしさなりき帰りきたりて

キャベツの葉を剝くとき、ふと自分が思い出し笑いをしていることに気づく一首めの歌。すすきの靡きを見た瞬間自分の身の凹凸に気づき、それが潤っていることに気づく二首めの歌。みずからの呼吸音を聞くことと「さみしさ」を直喩で結びつけた三首めの歌……。これらの歌において恒成さんは自分自身というものを新鮮な驚きのなかで再発見している。先にあげた三首の歌において身のめぐりのものに注がれていた恒成さんのイノセントな視線が、これらの歌では自分自身に対して注がれている。「妻」あるいは「をみな」といった早急な自己規定では捕らえきれないようななまなまとした自分自身が、恒成さんの無垢な視線のなかで捕らえられている歌といっていいだろう。

恒成さんの根底に流露するこのような無垢な精神。恒成さんの歌に厭味がないのは、歌うことによって彼女が彼女本来の無垢な感受性を保持し、みがきあげていった結果なのだろう。彼女の歌のなかにある自己愛やナルシシズムがどこかほほえましいのは、そこに複雑で屈折した自己顕示がないからだ。イノセント・ナルシシズム。そんな言葉はないかもしれないけれど、恒成さんの歌の特長をそう名づけてみたいような気がする。

秋天のあを奪ふごとおもむろに屋根開きゆく
福岡ドーム

麦の芽のやうな文字なり愛さへも不器用なり
き血を頒かつ子の

葉桜のみどり日にけに濃くなりて放置自転車
のかたへを歩む

『仰臥漫録』の朝の献立を真似すれど大半残
し勤めに出づる

年齢の制限なしと書き添へられはあとめーる
の誘ひが来る

ま青《さを》なる天にし鳴ける揚げ雲雀ききに行かむ
か皿拭きしのち

水鳥は東京育ちしなやかに水脈《みを》曳きてゆく二
羽また三羽

堂内にただよふ香気乱し入る卯月のあめに濡
るるからだを

いつまでもこども扱ひされてゐる郁子《むべ》の木下
に郁子をあふげば

好きな歌を順不同で抜き出してみた。ドームの裂け目からのぞく「秋天のあを」、「麦の芽のやうな」文字、春の青空に鳴き登ってゆくひばり……。どの歌にも光があふれているような気がする。どの歌も、日常生活におけるいきいきとした一瞬を切りとっている。ライトヴァース以後の現代短歌が持ちえた肯定的な叙情性を恒成さんなりに消化し、そのなかで自分本来の感性を開放した恒成さんの姿がこれらの歌から浮かび上がってくるだろう。

『ひかり凪』は、恒成さんの第四歌集である。この歌集においてはじめて恒成さんは、本来の向日的な感性を十全に発揮させることができたのではないだろうか。

生きの緒をかさねて憩ふ水鳥や　那の津博多はけふひかり凪

風のない朝の玄界灘のかがやき。そのおだやかな情景はまた、人生の豊熟期にはいった彼女の心象風景でもあるはずだ。

（「飈」、一九九七年九月号）

からべをあげよ
――歌集『ひかり凪』評

久々湊　盈子

歌集『ひかり凪』は九州博多に住む作者の第四歌集である。五十歳という年齢の節目を挟んだ五年間の作品三二九首が収められている。あとがきによると、この間に「生活の糧としての職を辞して専業主婦となった」ということだ。読み進むにつれ、それは再婚という形であることがわかってくる。

ひるがへり咲く花水木いつさいのことは忘れてからべをあげよ

集を開いてすぐに出会った歌である。平たく開ききった花水木が、風にひるがえりながら天に向って臆することなく咲いているさまが心地よく感受される。そしてこれは、過去に拘泥することなく生きてゆこうとする作者の言挙げであろうと思われるのである。

泰山木の大き白花過ぎむとしけふ取りいだすつば広帽子

ポプラ並木は風たまはりて歓びぬそのよろこびを頒けてください

つきくさの青のつゆけさ　これの世のたつた一度のいのちなりけり

人生八掛けと言われる現代ではあるが、やはり五十歳という年齢はもう半端な年ではない。言うならば酸いも甘いもわかってからの再婚である。お互いにさまざまなしがらみをひっさげての決心であろう。好いたはれただけではこの後の長い老後を凌いではいかれない。しかし、この作者の向日性はそのような決意の時も実に明るく屈託なげに見せる。泰山木のたっぷりと厚らな白花のような女性を想起させるものがある。二首目、天に向って直ぐ立つポプラに未来への希望を見出そうという。もちろん、こういった歌のあいまには〈夜となれば話すひとなきこのわれを呼んでゐるのは笛吹きケトル〉〈酩酊をしたくて飲めばこひびとも病む垂乳根も今われになし〉といった淋しさをかこつものもある。しかしながらこの人はそういった自己憐愍に流されることをもっとも警戒し、三首目のようにたった一度の自分自身の生を大切にしたいという強い意志をみせるのである。それには、

海老津駅の坂を下りて逢ひにゆく母に恋人のやうに待たれて

泣きながらスープ飲みゐる母が見ゆ老人ばかりの食事室に

死はもうすぐなどと言ひける柞葉の母の車椅子いがいに重し

と歌われる、おそらく老人施設に入所されているらしい母親の存在が大きな意味を持っているだろう。

持時間きのふかなしみ今日たのしふろふき大根煮含めてをり

（「短歌往来」、一九九七年六月号）

今でなければ、今ならばまだ、そんな思いが同世代の私には切ないくらいわかる気がする。

クレソンの香りせつなくほろにがく弥生三月つくづくと妻

休日の午後のソファーのあたたかなかたまりをこそ汝とし思ふ

ふたたびの妻なる不思議さ今朝もまた汝が喉仏あふぎておくる

中年になってからの再婚とはとても思われないような、臆面のない手放しのこういった甘やかな歌も、与えられた持時間を有効に使いきりたいという作者のプラス志向のあらわれである。絶対に過ぎてゆく「時間」への醒めた目が、誰のものでもない、この自分自身をいとおしいと思わせているのである。

糸瓜忌のへちまの長さ永遠に愛は保つとゆめ思はざり

花のむこうに

——歌集『夢の器』評

小島ゆかり

かつても今も、短歌における私性の問題は、女流の作品にあってある特別な側面をもっていると言える。同じ私性の問題と言っても、男性歌人の場合、多くその精神的フィールドの次元で関わってきたのに対し、女性歌人の場合は、精神的フィールドの現場とも言うべき、現実の生の有様《ありよう》というところまで関わってきた。つまり、俗な言い方をすれば、体を張るという行き方が、女流の一つの大きな流れでもあった。それゆえ、不幸であること、波乱に富んだ人生であることが、一種のステイタスシンボルであり得るような時代が、かなり長くあったと思う。

現代は、体を張らなければ女性が表現者として一歩前へ進めないような時代ではもちろんない。しかし、この問題は決して解消したわけではない。むしろ、女性の幸不幸の境界が曖昧となり、かつ、近似したシチュエーションにあっても、それがある個人には幸となりまたある個人には不幸となり得るような複雑な様相を呈しながら、なお、多くの女性歌人はこの問題と直面しているはずである。現実の生の、何をどう詠《うた》うか、また詠わないかは、今も、女流における私性の問題と直結している。

そして、歌集『夢の器』の作者、恒成美代子もまた、この問題をまともにかぶって作歌している人と言えるだろう。

雪の中に立てる岬の青馬は過日のあなたのやうでならない

切実にわれはわが声挙げしことあるやあらずや　白牡丹散る

秋海棠《しゅうかいだう》よ惑ひつつ五年《いつとせ》過ぎて今年またわが眼《め》にしみる

生きてさへゐれば生きてさへゐればかすかな厚みある秋の海

雨あとの柘榴の花の眼にあふれ妻でなくなる
日も遠からず
さざんくわの紅《こう》をつめる薄雪はけふのわた
しの夢の器《うつは》よ

「あとがき」にわずかに記されている以外、私はこれらの歌の背景を知らないし、作者自身も、生《なま》な感情表白を慎重に避けている。が、それでも、これらの作品には、何かを必死に支え、もちこたえてる精神の緊張と、全身的な傷みの中からかろうじて歩み出そうとする、一条の希求を感じさせる力がある。

　雪の中に立っている岬の青馬は、実像としての「あなた」の比喩ではなく、記憶の中の雑多な感情を消し去った後にある、作者の悲しみの点景と言ってもよいだろう。

　また、二首目の「白牡丹」を見つめる眼も、五首目の「雨あとの柘榴の花」を見つめる眼も、〈今〉と対き合う者の眼であると同時に、〈今〉へと向って流れた長い時間に佇む者の眼でもある。そして六首目は、生身の情念をそうした時間の経過の中で浄化していった末に生み出されたものであろう。

　この、緊張と回復の間を揺れながら浄化へと向かうプロセスは、一方で、作者の文体にも大きな影響を及ぼしている。一首の中心となる部分に、対句やリフレインを用いて、リズムの揺れに耐えながら、結句へと収斂させてゆくスタイルは、たとえば、二首目、四首目などに典型的に表われている。

　ところで、今、文体ということにふれたが、一冊の中には次のようなやや異質な文体を持つ作品もある。

カプチーノ入れてください　この夜を修辞の
海へ漕ぎいだすから
滑稽なマージナル・マンわたくしが厨房にゐ
る春の夕暮れ
すこしだけ苦味《ビター》をください　夕映えに染まり
て潤む一身ならば

私は正直に言って、これらの歌には共感できない。こうした自己演出とも言えるスタイルは、比較的オーソドックスな作品が並ぶ一冊の中で、確かに一種の目新しさはある。あるけれども、自己演出をするなら、もっと徹底的にするべきだと思う。

自己演出は、現代短歌の方法論として有効であるし、優れた作品も多くある。それは時に、直截に自己を語る以上に、作者の精神世界をくっきりと際立たせたりもする。しかし、私が『夢の器』で出会った歌人恒成美代子の資質は、もっと別のところにあるように思う。自己演出に徹するには、よい意味で彼女は無器用すぎる。

演じられている役の顔と、演じている本人の顔とが中途半端に見え隠れするこれらの歌は、どこか不安定で脆い印象を与える。

口語の導入も巧みな作者である。こうした目新しさを棄てても、恒成美代子の作品世界は決して痩せてはいない。

あの夏と同じくらゐにあをあをとあをあをあをとしてけふの玄海

雨あとの空のまほらに桐の花大気震はすやうに咲きそむ

ふるさとの虫に刺されしわがからだキンカン塗つて塗つて寝につく

夕海に飛ぶ魚ひかるこの瞬間《いま》を異郷にたれか死ぬ人あらむ

動きゆくこの世の端《はし》に母のゐてふるさとなまりにわが身いたはる

土耳古《トルコ》桔梗の花のむかうに笑《ゑ》む人をむかしのわれと思ふさびしさ

蓮根の穴はいくつときみ問へば蓮根の穴数へてゐたり

冒頭にあげたような作品群をいくつかの峰としつつ、歌集『夢の器』の裾野はこんなにも豊かである。「玄海」も「桐の花」も「夕海に飛ぶ魚」も、作者の生きて動く情感と時間を負って艶やかに美しい。

そうして、「土耳古桔梗の花のむかうに笑む人」は、作者が、遠く訣別し訣別して行った果てに再びめぐり会う、作者自身であるような気がしてならない。

（「颷」、一九九二年一二月号）

刻《とき》の旅

——歌集『ゆめあはせ』評

花田俊典

「旅の歴史学とは人間の歴史をこれまで形成し、現在もその働きが観察できる一つの力——移動性《モビリティ》［機動性、浮動性］——の研究である。移動性とは旅の構造を構成する明確に異なる三つの出来事、つまり旅立ち、移動、到着に一貫して働いている変化の力のことである」、とエリック・リード『旅の思想史——ギルガメシュ叙事詩から世界観光旅行へ』（伊藤誓訳、法政大学出版局、一九九三・一二）は述べている。「旅による変容は異なる状況の連続から生じた諸効果の累積である。異なる状況とは、個人を慣れ親しんだ状況から突き放す旅立ちと、個人に空間移動をさせる移動と、異人同士の人間に新しい絆と一体性を確立し、自我と文脈の間に新しい統合と一貫性を産み出す到着のことである」。

〈旅立ち〉と〈移動〉と〈到着〉、――この三つの過程は、じっさいの「旅」にかぎらない。さまざまなジャンルにおける創作の場合も、これに相当するだろう。もちろん、パック観光旅行もあれば、リュック一つの冒険旅行もある。他人（読者）はパック旅行のみやげ話を聞きたいとは思わない。やはり太平洋一人ぽっちのアドヴェンチャーか孤独な放浪の旅の話に誘われてみたいのだ。

恒成美代子の歌集『ゆめあはせ』（砂子屋書房、平14・5）を読みながら、こんなことをしきりに考えた。彼女は時間の旅人である。彼女の作品は、いつも時間をゆらりと旅している。そこには刻《とき》があわあわと流れている。

過ぎてゆくこのひとときはわれの時間《とき》さびしさ触れに来たりし海へ

追ふ雲も声を掛けゆく雲もなく島山のうへはぐれ雲ゆく

白縫筑紫の雲雀の声の快活さ　むかしむかしのわれにもあつた

去年《こぞ》よりは今年が大事こしかたのわたくしごとを果敢《はか》なむなかれ

こしかたは語らぬがよし触るるなくなどかせつなく甦りくる

彼女が創作へと旅立つのは、「慣れ親しんだ状況から突き放」たれたいからである。ここではないどこかへと旅立ち、むかしむかしの自分に出会ったりしながら、やがて見知らぬ場所に到着する。それでもなお、なお彼女は自分の居場所をさがしに、再度の旅に出る。「宥めても宥めてもなほわがうちに鎮まりきらぬものが溢るる」からである。

彼女の旅は、ただし、ほとんど動かない心のなかの刻《とき》の旅である（ちなみに、歌集中の尾瀬ヶ原や北海道や熊野などへ旅行した折の作品はことごとく、この例外である。日常生活にあってはあわあわと時間の旅をし、旅の途上では対象の景物を不動の位相において把握するという関係はおもしろい）。彼女日常生活にあっては、ここに居ながらにして、いつのまにか旅立ち、ゆらりと移動し、ふわっと到着する。もちろん、そこは、もとの場所ではない。

出でゆくも出でゆかざるも悔となるわたしの
居場所まだ定まらず
しらつゆを帯びて立ちける金糸草《きんしさう》「ワタシハ
ココニダウシテヰルノダ」
わたくしがわたしであつてわれでなくわたし
が海と同化してゆく

もっとも彼女は「居場所」がないと言いながら、居場所がない場所を自分の場所にしている。だから、「風鈴の鳴る音《ね》さやけき夕つかた沈黙こそがわたしの力」という作品も生まれる。「沈黙」はひとときの時間をさすのだから、ここにもやはり刻は流れている。

ところで、わたし個人は、こんな一首に立ちどまった。

ちだんだを踏みて泣きゐるをさな子よ　ほら
夏蝶が花に来てゐる

いわゆる歌の巧拙からすれば、「ぢだんだを」の五・七・五に接続する、「ほら」以下の七・七が巧みだと評されるのかもしれない。いかにも連句だったら無条件にそうだろう。「ぢだんだを踏みて…」の句を受けて、「ほら夏蝶が…」と展開する機知は抜群だといっていい。この意味で、この作品はこの展開を一首のなかに盛り込んだ佳作だといえるが、しかし、このことが同時にもの語っているのは、じつは「ぢだんだを…」のなかに、すでに「ほら…」以下は含まれているということだろう。ならば、この作品は「ぢだんだを踏みて泣きゐるをさな子よ」で尽きている（これだと俳句にしかならないというなら、いっそ俳句だっていいじゃないか）。

にもかかわらず、作者がこのように一首の世界を構成するのは、作者のなかに「ぢだんだを踏」む自分と、「ほら…」と刻を旅する自分とが同居しているからである。もちろん作者には後者の要素がつよいから、「ぢだんだ」のあとに「ほら」が接続する。この関係は作者のなかにあって今後どう変化していくのだろう。このことが興味深い。なぜなら、「ぢだんだ」は、いま／ここに踏んばって梃子でも動かない意思のあがきの身体表現だからである。旅は、いまではないいつか、ここではないどこかへの出発であり移動であり到着である。

この二つは相反する意思である。不動と移動と。ただし連句なら、これは矛盾しない。「ほら…」以下は、不即不離の関係からやがては別世界を形成していく約束だからである。もちろん短歌はそうではない。この意味で、この一首はスリリングである。安定しているように見えながら、じつは拮抗している。

（九州大学教授）

（「颸」、二〇〇二年九月号）

恒成美代子歌集　　現代短歌文庫第144回配本

2019年5月18日　初版発行

著　者　恒成美代子
発行者　田村雅之
発行所　砂子屋書房
〒101-0047 東京都千代田区内神田3-4-7
電話　03-3256-4708
Fax　03-3256-4707
振替　00130-2-97631
http://www.sunagoya.com

装本・三嶋典東　落丁本・乱丁本はお取替いたします

現代短歌文庫

（　）は解説文の筆者

①三枝浩樹歌集
『朝の歌』全篇

②佐藤通雅歌集（細井剛）
『薄明の谷』全篇

③高野公彦歌集（河野裕子・坂井修一）
『汽水の光』全篇

④三枝昻之歌集（山中智恵子・小高賢）
『水の覇権』全篇

⑤阿木津英歌集（笠原伸夫・岡井隆）
『紫木蓮まで・風舌』全篇

⑥伊藤一彦歌集（塚本邦雄・岩田正）
『瞑鳥記』全篇

⑦小池光歌集（大辻隆弘・川野里子）
『バルサの翼』『廃駅』全篇

⑧石田比呂志歌集（玉城徹・岡井隆他）
『無用の歌』全篇

⑨永田和宏歌集（高安国世・吉川宏志）
『メビウスの地平』全篇

⑩河野裕子歌集（馬場あき子・坪内稔典他）
『森のやうに獣のやうに』『ひるがほ』全篇

⑪大島史洋歌集（田中佳宏・岡井隆）
『藍を走るべし』全篇

⑫雨宮雅子歌集（春日井建・田村雅之他）
『悲神』全篇

⑬稲葉京子歌集（松永伍一・水原紫苑）
『ガラスの檻』全篇

⑭時田則雄歌集（大金義昭・大塚陽子）
『北方論』全篇

⑮蒔田さくら子歌集（後藤直二・中地俊夫）
『森見ゆる窓』全篇

⑯大塚陽子歌集（伊藤一彦・菱川善夫）
『遠花火』『酔芙蓉』全篇

⑰百々登美子歌集（桶谷秀昭・原田禹雄）
『盲目木馬』全篇

⑱岡井隆歌集（加藤治郎・山田富士郎他）
『鵞卵亭』『人生の視える場所』全篇

⑲玉井清弘歌集（小高賢）
『久露』全篇

⑳小高賢歌集（馬場あき子・日高堯子他）
『耳の伝説』『家長』全篇

㉑佐竹彌生歌集（安永蕗子・馬場あき子他）
『天の螢』全篇

㉒太田一郎歌集（いいだもも・佐伯裕子他）
『墳』『蝕』『獵』全篇

現代短歌文庫

（　）は解説文の筆者

㉓春日真木子歌集（北沢郁子・田井安曇他）
『野菜涅槃図』全篇

㉔道浦母都子歌集（大原富枝・岡井隆）
『無援の抒情』『水憂』『ゆうすげ』全篇

㉕山中智恵子歌集（吉本隆明・塚本邦雄他）
『夢之記』全篇

㉖久々湊盈子歌集（小島ゆかり・樋口覚他）
『黒鍵』全篇

㉗藤原龍一郎歌集（小池光・三枝昂之他）
『夢みる頃を過ぎても』『東京哀傷歌』全篇

㉘花山多佳子歌集（永田和宏・小池光他）
『樹の下の椅子』『楕円の実』全篇

㉙佐伯裕子歌集（阿木津英・三枝昂之他）
『未完の手紙』全篇

㉚島田修三歌集（筒井康隆・塚本邦雄他）
『晴朗悲歌集』全篇

㉛河野愛子歌集（近藤芳美・中川佐和子他）
『黒羅』『夜は流れる』『光ある中に』（抄）他

㉜松坂弘歌集（塚本邦雄・由良琢郎他）
『春の雷鳴』全篇

㉝日高堯子歌集（佐伯裕子・玉井清弘他）
『野の扉』全篇

㉞沖ななも歌集（山下雅人・玉城徹他）
『衣裳哲学』『機知の足首』全篇

㉟続・小池光歌集（河野美砂子・小澤正邦）
『日々の思い出』『草の庭』全篇

㊱続・伊藤一彦歌集（築地正子・渡辺松男）
『青の風土記』『海号の歌』全篇

㊲北沢郁子歌集（森山晴美・富小路禎子）
『その人を知らず』を含む十五歌集抄

㊳栗木京子歌集（馬場あき子・永田和宏他）
『水惑星』『中庭』全篇

㊴外塚喬歌集（吉野昌夫・今井恵子他）
『喬木』全篇

㊵今野寿美歌集（藤井貞和・久々湊盈子他）
『世紀末の桃』全篇

㊶来嶋靖生歌集（篠弘・志垣澄幸他）
『笛』『雷』全篇

㊷三井修歌集（池田はるみ・沢口芙美他）
『砂の詩学』全篇

㊸田井安曇歌集（清水房雄・村永大和他）
『木や旗や魚らの夜に歌った歌』全篇

㊹森山晴美歌集（島田修二・水野昌雄他）
『グレコの唄』全篇

現代短歌文庫

（　）は解説文の筆者

現代短歌文庫

（　）は解説文の筆者

(67)今井恵子歌集（佐伯裕子・内藤明他）
『分散和音』全篇

(68)続・時田則雄歌集（栗木京子・大金義昭）
『夢のつづき』『ペルシュロン』全篇

(69)辺見じゅん歌集（馬場あき子・飯田龍太他）
『水祭りの桟橋』『闇の祝祭』全篇

(70)続・河野裕子歌集
『家』全篇、『体力』『歩く』抄

(71)続・石田比呂志歌集
『孑孑』『忘八』『涙壺』『老猿』『春灯』抄

(72)志垣澄幸歌集（佐藤通雅・佐佐木幸綱）
『空壜のある風景』全篇

(73)古谷智子歌集（来嶋靖生・小高賢他）
『神の痛みの神学のオブリガード』全篇

(74)大河原惇行歌集（田井安曇・玉城徹他）
未刊歌集『昼の花火』全篇

(75)前川緑歌集（保田與重郎）
『みどり抄』全篇、『麥穂』抄

(76)小柳素子歌集（来嶋靖生・小高賢他）
『獅子の眼』全篇

(77)浜名理香歌集（小池光・河野裕子）
『月兎』全篇

(78)五所美子歌集（北尾勲・島田幸典他）
『天姥』全篇

(79)沢口芙美歌集（武川忠一・鈴木竹志他）
『フェベ』全篇

(80)中川佐和子歌集（内藤明・藤原龍一郎他）
『海に向く椅子』全篇

(81)斎藤すみ子歌集（菱川善夫・今野寿美他）
『遊楽』全篇

(82)長澤ちづ歌集（大島史洋・須藤若江他）
『海の角笛』全篇

(83)池本一郎歌集（森山晴美・花山多佳子）
『未明の翼』全篇

(84)小林幸子歌集（小中英之・小池光他）
『枇杷のひかり』全篇

(85)佐波洋子歌集（馬場あき子・小池光他）
『光をわけて』全篇

(86)続・三枝浩樹歌集（雨宮雅子・里見佳保他）
『みどりの揺籃』『歩行者』全篇

(87)続・久々湊盈子歌集（小林幸子・吉川宏志他）
『あらばしり』『鬼龍子』全篇

(88)千々和久幸歌集（山本哲也・後藤直二他）
『火時計』全篇

現代短歌文庫

（　）は解説文の筆者

89 田村広志歌集（渡辺幸一・前登志夫他）
『島山』全篇

90 入野早代子歌集（春日井建・栗木京子他）
『花凪』全篇

91 米川千嘉子歌集（日高堯子・川野里子他）
『夏空の櫂』『一夏』全篇

92 続・米川千嘉子歌集（栗木京子・馬場あき子他）
『たましひに着る服なくて』『一葉の井戸』全篇

93 桑原正紀歌集（吉川宏志・木畑紀子他）
『妻へ。千年待たむ』全篇

94 稲葉峯子歌集（岡井隆・美濃和哥他）
『杉並まで』全篇

95 松平修文歌集（小池光・加藤英彦他）
『水村』全篇

96 米口實歌集（大辻隆弘・中津昌子他）
『ソシュールの春』全篇

97 落合けい子歌集（栗木京子・香川ヒサ他）
『じゃがいもの歌』全篇

98 上村典子歌集（武川忠一・小池光他）
『草上のカヌー』全篇

99 三井ゆき歌集（山田富士郎・遠山景一他）
『能登往還』全篇

100 佐佐木幸綱歌集（伊藤一彦・谷岡亜紀他）
『アニマ』全篇

101 西村美佐子歌集（坂野信彦・黒瀬珂瀾他）
『猫の舌』全篇

102 綾部光芳歌集（小池光・大西民子他）
『水晶の馬』『希望園』全篇

103 金子貞雄歌集（津川洋三・大河原惇行他）
『邑城の歌が聞こえる』全篇

104 続・藤原龍一郎歌集（栗木京子・香川ヒサ他）
『嘆きの花園』『19××』全篇

105 遠役らく子歌集（中野菊夫・水野昌雄他）
『白馬』全篇

106 小黒世茂歌集（山中智恵子・古橋信孝他）
『猿女』全篇

107 光本恵子歌集（疋田和男・水野昌雄）
『薄氷』全篇

108 雁部貞夫歌集（堺桜子・本多稜）
『崑崙行』抄

109 中根誠歌集（来嶋靖生・大島史洋雄他）
『境界』全篇

110 小島ゆかり歌集（山下雅人・坂井修一他）
『希望』全篇

現代短歌文庫

（　）は解説文の筆者

⑪木村雅子歌集（来嶋靖生・小島ゆかり他）
『星のかけら』全篇

⑫藤井常世歌集（菱川善夫・森山晴美他）
『氷の貌』全篇

⑬続々・河野裕子歌集
『季の栞』『庭』全篇

⑭大野道夫歌集（佐佐木幸綱・田中綾他）
『春吾秋蟬』全篇

⑮池田はるみ歌集（岡井隆・林和清他）
『妣が国大阪』全篇

⑯続・三井修歌集（中津昌子・柳宣宏他）
『風紋の島』全篇

⑰王紅花歌集（福島泰樹・加藤英彦他）
『夏暦』全篇

⑱春日いづみ歌集（三枝昻之・栗木京子他）
『アダムの肌色』全篇

⑲桜井登世子歌集（小高賢・小池光他）
『夏の落葉』全篇

⑳小見山輝歌集（山田富士郎・渡辺護他）
『春傷歌』全篇

㉑源陽子歌集（小池光・黒木三千代他）
『透過光線』全篇

㉒中野昭子歌集（花山多佳子・香川ヒサ他）
『草の海』全篇

㉓有沢螢歌集（小池光・斉藤斎藤他）
『ありすの杜へ』全篇

㉔森岡貞香歌集
『白蛾』『珊瑚數珠』『百乳文』全篇

㉕桜川冴子歌集（小島ゆかり・栗木京子他）
『月人壮子』全篇

㉖柴田典昭歌集（小笠原和幸・井野佐登他）
『樹下逍遙』全篇

㉗続・森岡貞香歌集
『黛樹』『夏至』『敷妙』全篇

㉘角倉羊子歌集（小池光・小島ゆかり）
『テレマンの笛』全篇

㉙前川佐重郎歌集（喜多弘樹・松平修文他）
『彗星紀』全篇

㉚続・坂井修一歌集（栗木京子・内藤明他）
『ラビュリントスの日々』『ジャックの種子』全篇

㉛新選・小池光歌集
『静物』『山鳩集』全篇

㉜尾崎まゆみ歌集（馬場あき子・岡井隆他）
『微熱海域』『真珠鎖骨』全篇

現代短歌文庫

（　）は解説文の筆者

⑬③ 続々・花山多佳子歌集（小池光・澤村斉美）
『春疾風』『木香薔薇』全篇

⑬④ 続・春日真木子歌集（渡辺松男・三枝昻之他）
『水の夢』全篇

⑬⑤ 吉川宏志歌集（小池光・永田和宏他）
『夜光』『海雨』全篇

⑬⑥ 岩田記未子歌集（安田章生・長沢美津他）
『日月の譜』を含む七歌集抄

⑬⑦ 糸川雅子歌集（武川忠一・内藤明他）
『水螢』全篇

⑬⑧ 梶原さい子歌集（清水哲男・花山多佳子他）
『リアス／椿』全篇

⑬⑨ 前田康子歌集（河野裕子・松村由利子他）
『色水』全篇

⑭⓪ 内藤明歌集（坂井修一・山田富士郎他）
『海界の雲』『斧と勾玉』全篇

⑭① 続・内藤明歌集（島田修三・三枝浩樹他）
『夾竹桃と葱坊主』『虚空の橋』全篇

⑭② 小川佳世子歌集（岡井隆・大口玲子他）
『ゆきふる』全篇

⑭③ 髙橋みずほ歌集（針生一郎・東郷雄二他）
『フルヘッヘンド』全篇

（以下続刊）

水原紫苑歌集
篠弘歌集
馬場あき子歌集
黒木三千代歌集
石井辰彦歌集